Einaudi. Stile Libero Big

www.einaudi.it

ISBN 978-88-06-21951-2

Giancarlo De Cataldo,
Maurizio de Giovanni, Diego De Silva
e Carlo Lucarelli

Giochi criminali

Einaudi

Giochi criminali

Medusa

di Giancarlo De Cataldo

– Che impressione fa, barone, aver dilapidato una fortuna come la sua?

– Un'impressione di appagamento, Sacha: un grande, totale appagamento. Un mio avo ha conquistato l'Europa per Bonaparte, i suoi discendenti hanno conquistato la borsa, l'industria e il commercio coloniale... E io ho sperperato queste ricchezze infami in una festa senza fine!

Dialogo tratto dal film di ALAIN RESNAIS
Stavisky. Il grande truffatore (1974).

1.

Era il loro gioco. La piú segreta fra le tenere inezie che li avevano uniti negli ultimi vent'anni. Di solito era Stefano a lanciare l'idea. Emma non gli diceva mai di no. Se ne andava in camera da letto – *Arlette si ritira nel boudoir*, puntualizzava lui, senza la minima ironia – e ricompariva dopo qualche minuto *con una mise stravagante*. Un abitino corto stile charleston, impreziosito talora da una sciarpa alla Isadora Duncan, un peplo rosso, un qualche modello improvvisato da lei stessa per ispirazione di una *robe à la Klimt*. Lui si prendeva una pausa prima di emettere il giudizio. Ruotava la testa, le chiedeva di girarsi, *ma senza essere vezzosa*, le imponeva una piroetta, *ma con nonchalance, cara*, e socchiudeva gli occhi, come rapito da una melodia interiore. Poi approvava con un cenno benevolo, *voilà Arlette, o la perfezione fatta femmina*, e lei si accorgeva che, per l'ennesima volta, l'anima le stava scivolando fra le dita. Passione, come altrimenti definirla? Amabilmente sadico, o forse solo incurante, Stefano alla fine invitava Emma ad accucciarsi accanto a sé sul grande divano in velluto rosso.

«Che impressione fa, barone, aver dilapidato una fortuna come la sua?»

«Un'impressione di appagamento...»

Alla fine della recita, il nobiluomo tirava fuori il vecchio mazzo di carte porno-vintage strappato a caro prezzo a un collezionista di Pigalle, mescolava indugiando sulle grazie stropicciate di quelle floride *cocottes fin de siècle*, le ordinava di tagliare e di pescare.

«Che ci giochiamo, barone?»

«Il solito, mia cara. La felicità».

Stefano non vinceva mai. Non poteva vincere. Dissipare era la cifra della sua vita. Una sola volta, in vent'anni, aveva pescato l'asso di cuori. Era accaduto proprio una settimana prima. E ne era rimasto molto colpito. Emma lo aveva rassicurato estraendo, subito dopo, il jolly: un satiro barbuto dal membro esagerato.

– Si sente meglio, professoressa Blasi?

La donna annuí, vagamente sorpresa dalla domanda. Estrasse dalla borsa lo specchietto, per un rapido esame. Niente di niente, nemmeno una lacrima. Dove, quando aveva perso il controllo? Non l'aveva perso. Si era limitata a restare qualche minuto in silenzio dopo l'interrogatorio.

– Va tutto bene.

– Possiamo andare avanti?

– Certo.

Ardenzi sembrava deluso. Si aspettava forse un crollo emotivo? No, un momento. Non *si aspettava*. Lui *desiderava* che lei, per dire, scoppiasse in un pianto dirotto. Da vedova, ecco, sí, da vedova. Al diavolo, Ardenzi. La Medusa non è tipo da smancerie.

– Le rileggo il verbale.

– Se non ti dispiace, vorrei farlo io, grazie.

Lui arretrò di un passo, intimidito. Un riflesso involontario dell'antica soggezione, che Emma sottolineò con un sorrisino acido mentre afferrava il foglio appena sfornato dalla stampante. Aveva colto negli occhi da pesce bollito del pubblico ministero un lampo di rabbia. Una scintilla di vita, pensò, prendendosi un tempo. Eppure era un bell'uomo, il giovane Ardenzi. Soltanto... cosí spento, cosí prevedibile. Cosí... Le mancò il terzo aggettivo, quello della chiusa letteraria perfetta. In ogni caso, sin da quando l'aveva conosciuto, ancora ragazzo, le aveva ispirato una forte antipatia.

«Non lo puoi soffrire perché è giovane», la rimproverava Stefano, amabile.

«Non c'entra niente l'età. Ardenzi non lo sopporto perché lo conosco. È stato mio studente».

«E non sei riuscita a plasmarlo. Ti è sfuggito, eh?»

«È privo, Stefano».

«Privo di cosa? Charme? Intelligenza? Forza di volontà?»

«Privo e basta».

«Sei una donna cattiva, Emma».

«Puoi dirlo forte».

«Uhm, quando mi guardi cosí mi fai impazzire, Medusa».

«Va' al diavolo, tesoro».

Il giovane Ardenzi si lasciò scappare un sospiro d'impazienza. Emma gli concesse la lettura, con una smorfia gelida.

Io sottoscritta Blasi Emma, nata ecc. ecc., residente ecc. ecc., professoressa di Lettere classiche in pensione, dichiaro quanto segue: oggi, 13 ottobre 2013, intorno alle ore nove del mattino, mi sono recata presso l'abitazione del mio amico Mallarmé Stefano, barone di Belcastro. Ero preoccupata perché, contrariamente alle abitudini di un'amicizia piú che ventennale, nel corso della giornata di ieri il barone non si era fatto vivo con me, né aveva risposto alle mie numerose telefonate. Preciso, inoltre, che l'utenza del predetto, da me a piú riprese contattata, dava sempre il segnale di libero. Giunta presso l'abitazione del Mallarmé, sita in contrada Li Puzzi e conosciuta come Il Castello, notavo che la porta d'ingresso era accostata. Entravo nello stabile, dando voce per segnalare la mia presenza, ma nessuno rispondeva. L'atrio e lo studio del barone erano stati posti a soqquadro, come se vi fosse stata eseguita una perquisizione. La cassaforte, che sapevo trovarsi sotto un dipinto del maestro Palladino, era aperta, ma senza segni di effrazione. Comprensibilmente angosciata, sono dapprima andata in camera da letto, sita al piano superiore (lo stabile, di costruzione settecentesca, è articolato su tre livelli), trovandola in ordine, con il letto acconciato, segno che il barone non vi aveva dormito. Mi spingevo quindi in cucina, al piano seminterrato, e qui rinvenivo il cadavere del mio povero amico Stefano. Giaceva riverso al suolo, con le mani legate dietro la schiena e un oggetto, che apprendo adesso essere un calzino da uomo, infilato in bocca. Aveva i pantaloni calati, in modo da lasciare scoperte le parti intime, e per il resto indossava soltanto una maglietta intrisa di sangue. Il volto era coperto di tumefazioni. La parte posteriore del cranio appariva deformata, come per schiacciamento. Sul tavolo della cucina notavo due bicchieri: uno conteneva un residuo di liquido e l'altro era mezzo pieno. Accanto vi era una bottiglia di Chablis aperta: preciso che il barone usava bere questo vino francese. Aveva anzi per lo Chablis un'autentica venerazione, tanto che la sua cantina non ne era mai sprovvista. Superati gli inziali momenti di panico, ho provveduto subito ad avvisare il 113, senza toccare nulla nel locale. Letto, firmato e sottoscritto, Blasi Emma...

– Ecco, qui... riprenditelo.

Il pubblico ministero tese una mano molle, che Emma sfiorò appena, mentre si incamminava sulle scale. Solo quando fu sulla soglia dell'ufficio al terzo piano del palazzetto della procura, la donna si girò e lasciò cadere una mezza domanda.

– Secondo te chi è stato?

Ardenzi sobbalzò, sorpreso.

– C'è il segreto istruttorio, professoressa, – replicò. Suo malgrado, ancora una volta, deferente.

– Tanto so già che cosa scriveranno i giornali. Una storia di omosessuali, no? Non è questo che pensate tutti?

Ardenzi sorrise.

– Lei avrebbe qualche altra idea?

– Stefano aveva il vizio del gioco. Lo sai. Potrebbe aver vinto una grossa somma e...

– Il barone era un perdente. E poi, se tu mi devi dei soldi, io ti porto via qualcosa di valore, non la pelle.

Il giovane Ardenzi che si scalda, che ci mette un po' di convinzione... questa è davvero una novità. Emma tenne il punto, per non dargliela vinta.

– Andiamo, era senza un euro! Come avrebbe potuto pagare?

– Gli restava Il Castello. Non era ipotecato, a quanto ci risulta.

– Insomma, hai deciso, no? Prenderai quel disgraziato che Stefano si portava a letto e gli rovinerai la vita.

– Stiamo seguendo tutte le piste, – replicò il giovane sostituto, sulla difensiva. E si offrí di farla accompagnare.

– Grazie, – tagliò corto Emma, – ho la mia macchina.

2.

Al *Caffè centrale* non si parlava d'altro. E se ne parlava all'uso salentino: con poca o nulla pietà, molta ironia e continue allusioni alle abitudini sessuali della vittima. Era opinione diffusa presso i belcastrensi che il barone Mallarmé, con il suo stile di vita estremo, se la fosse andata a cercare. Eppure non si levavano voci arcigne di condanna. In fin dei conti, il barone era stato, sino a poche ore prima, uno di loro, nel bene e nel male. E la sregolatezza è, da quelle parti, una qualità. Cosí, fra una battuta amabile e un sospiro, c'era chi ricordava le mattane di Stefano e chi ne lodava l'innegabile signorilità. E in tanti rievocavano episodi leggendari, aneddoti ascoltati mille volte e mille volte arricchiti di nuovi, e di certo arbitrari, dettagli.

Va da sé che nessuno, fra notabili, avventori occasionali e passanti che si arrestavano per un caffè shakerato o una granita ai tavolini protetti dall'ombra – ormai per tutti sinistra – del Castello Mallarmé, si sarebbe sognato di mettere in discussione la ricostruzione della vicenda che campeggiava, sin dal titolo a tutta pagina, sul «Quotidiano di Lecce»: *Nobile ucciso durante un gioco erotico omosessuale dal suo ultimo, giovane amante*. Il barone avrebbe preferito *protegé*, ma la sostanza non cambiava.

C'era una persona, però, che sapeva molto di piú di quella storia. Era il quarantenne azzimato che occupava il tavolo d'angolo, accostato all'edicola dei giornali. Beveva con aria distratta un'acqua tonica, consultava ossessivamente il Rolex con la coda dell'occhio, e alle provocazioni dei compaesani che ne sollecitavano una presa di posizione sul fatto del giorno, rispondeva, con aria sinceramente contrita:

– Ni mancherà, iddu pacciu!

Il suo nome era Vito Lopertuso. Sul biglietto da visita c'era scritto «commercialista» e, come aveva profetizzato tanti anni prima la professoressa Blasi dalla cattedra del liceo di Tricase, era *persona di successo*. Di strada Vito Lopertuso ne aveva fatta, eccome. Il suo portfolio includeva un vasto campionario di individui e società che disponevano di notevoli risorse finanziarie, non necessariamente lecite (ma non era stata proprio la Blasi a spendere ore su quel brocardo *Pecunia non olet*?), e avevano la necessità di rimetterle in circolo. E questa era la specialità di Vito Lopertuso: trasformare liquidi equivoci in solidi indiscutibili, denaro sporco in immobili puliti, flussi maleodoranti in aziende profumate alla violetta. Ed era stato per merito della sua universalmente riconosciuta abilità che aveva sposato la bella del paese e generato due incantevoli gemelle. Era grazie al suo indiscusso talento che poteva permettersi svariate abitazioni di pregio, una lunga barca a vela, vacanze in luoghi esotici e qualche svago extraconiugale. Un equilibrio perfetto che niente e nessuno sembravano destinati ad alterare.

Se solo non si fosse imbattuto in quel ricchione di Mallarmé.

Il cameriere si accostò premuroso. Vito controllò l'ora per l'ennesima volta. Quaranta minuti di ritardo. Don Fefé aveva deciso di tenerlo sulla graticola.

– Un... portami uno spumone, *nà*.

– Subito, dottore.

Maledetto il barone e maledette le carte. Don Fefé doveva essere incazzato nero. Non gli aveva nemmeno telefonato, lo aveva convocato via Sms. E niente incontro nell'ufficio di Vito, come di consueto, né pranzo alla masseria *La fica d'Innia*, meno consueto, perché riservato alle grandi occasioni, ma comunque... no. Un messaggio secco: «Fatti trovare al bar, ti mando Gennarino».

E alla fine la guardia del corpo di don Fefé si materializzò, dal lato della chiesa di Sant'Antonio. In contemporanea comparve il cameriere con lo spumone.

– Scusami, mi sono ricordato di un impegno. Quant'è?

– Per voi niente, dottore.

– Prendi questi, – replicò lui, allungandogli due euro di mancia.

– Grazie, dottore, gentile come sempre.

Gennarino portava gli immancabili occhiali a specchio, camicia hawaiana, bermuda e infradito. La pistola d'ordinanza doveva custodirla nel borsello allacciato in vita.

Il bestione chiese a Vito di consegnargli il cellulare. Vito, che con Gennarino aveva maturato, nel corso del tempo, una certa confidenza, cercò una battuta per sciogliere la tensione.

– Genna', e va bene che stiamo quasi in Africa e fa ancora caldo, ma ti sei vestito come all'Equatore.

Gennarino non rispose. D'altronde, la battuta non era un granché. E il tono stridulo con cui era stata pronunciata tradiva sin troppo lo stato d'animo del suo autore. Tirava davvero una brutta aria.

Si ritrovò sul Suv nero di don Fefé, parcheggiato con indifferenza sul sagrato della chiesa sotto gli sguardi, altrettanto indifferenti, di una coppia di vigili. Vito si accorse, dalla strada scelta per uscire dal paese, che si avviavano verso la costa. Forse in uno degli alberghi che don Fefé, appunto con il suo aiuto, aveva acquisito al patrimonio della famiglia? L'aria condizionata era insopportabile, e il neomelodico sparato a palla dall'impianto hi-fi non migliorava la situazione.

– Gennarino, dammi una mano. Diglielo pure tu a don Fefé che non è successo niente. Si tratta solo di aspettare qualche giorno. Su, dammi una mano, ché lo sai che sono generoso...

Ancora una volta, nessuna risposta. Soltanto un lampo sarcastico nello specchietto retrovisore. Per il resto del tragitto Vito se ne stette in silenzio. La costa autunnale, con le sue strette volute, i sassi neri che affioravano dal mare placido, la collina che incombeva a strapiombo, le rade lingue di sabbia... Guardava scorrere gli scorci della sua terra dal finestrino blindato e si chiedeva se non fosse l'ultimo viaggio, quello che stava affrontando. Poi si rassicurava: finché i soldi sono in mano mia... E subito dopo pensava: se li farà ridare, e mi farà fuori. Non dovevo mettermi con questa gente.

– Scinníte, – ordinò brusco Gennarino.

Il Suv si era arrestato su una piazzola sterrata a picco sullo Ionio. Pochi metri piú avanti partiva un ruvido sentiero scosceso che terminava in un'altrettanto ardua discesa a mare. Li Petri Amari. Metà spiaggia e metà discarica, venti chilometri dal paese, terra arida da valorizzare. Ceduta, nella zona di confine col demanio, proprio dal barone Mallarmé, qualche mese prima, con tanto di regolare contratto. Don Fefé, che all'anagrafe faceva Agramone Fedele, lo aspettava, di spalle. Sembrava intento a fissare le evoluzioni di un catamarano che tirava sicuro di bolina.

– Don Fedele, i miei rispetti. Non è successo niente, ve lo posso assicurare. È solo un piccolo intoppo...

Il boss si girò e si tolse piano gli occhiali. Don Fedele era un uomo basso, compatto, di eleganza sobria e misurata, non alzava mai la voce e ostentava modi gentili.

– Tu lo sai come mi chiamano dalle mie parti, Vito?

Rinfrancato dal tono cordiale, Vito si sentí allargare il cuore.

– E come potrei non saperlo! Tutti sanno che voi siete Il Ragioniere.

– Perché coi numeri me la cavo, sí, – approvò don Fefé, annuendo. – E i numeri sono importanti quando si parla di affari. Tu ne sai qualche cosa, no, Vito?

– Eh, don Fefé, quante cose belle abbiamo fatto insieme. E quante ne faremo ancora.

– Già, già… ma forse non sai che io tengo pure un altro soprannome.

– No, non lo so.

– ’O Ghiacciolo, mi chiamano. Ma solo gli intimi, eh.

– Ci mancherebbe, don Fefé.

– Bravo. E ’o vuo’ sape’ ’o pecché? Genna’, spiegacelo tu al dottore, qua.

Gennaro gli andò sotto, sorridendo con i denti perfettamente lucidati, a conferma che don Fefé era maniaco del decoro dei suoi uomini. Abbigliamento a parte, certo, perché non si deve esagerare, e perché su certe cose co’ chisti guaglioni nun ce sta niente ’a fa’. Ma dovevano venirgli in mente proprio ora, quei pensieri futili? Vito cercò di cancellarli, senza riuscire del tutto.

– Don Fefé lo chiamano ’o Ghiacciolo perché lui è una persona tranquilla. Non è come cierte ’uappe ’e cartone ca s’appícciano comm’ ’e fiammifere e poi se stútano co’ ’na pisciata. ’O Ghiacciolo è un uomo calmo, calmo assai. Però quando perde la pazienza…

Vito fece un passo indietro, ma la mano del bodyguard scattò veloce e gli strinse i testicoli in una morsa feroce.

Vito si lamentò. Gennaro strinse piú forte. Vito si accasciò. Gennaro gli assestò un calcio nel sedere e Vito si ritrovò lungo disteso sul selciato. L’infradito gli schiacciò la testa al suolo. Un tanfo di piedi, gomma e sudiciume da asfalto lo prese alla gola. La voce di don Fefé risuonò pacata.

– Che cazz' succiesse co' 'o barone?

– Niente, don Fefé, niente. Quello era cosí, gli piacevano i ragazzi, ha incontrato quello sbagliato e c'è rimasto secco.

– E tu vuoi farmi credere che non c'entri niente?

– Ve lo giuro, don Fefé!

– Non è che per caso vi siete messi a litigare per Il Castello e 'stu burdello l'hai fatto tu?

– Ma per chi mi avete pigliato! Io sono una persona perbene. La violenza non... Sentite, don Fefé: il contratto era pronto, mancava solo la firma. Lui si è preso un giorno di vacanza, ha detto che doveva vedere un amico, dovevamo concludere ieri mattina... Era tutto a posto, ve lo giuro, poi è successo quello che è successo.

La pressione dell'infradito si allentò fino a cessare. Gennarino lo aiutò a rialzarsi, gli alllisciò il vestito. Si scusò con un sorriso cordiale, rafforzato dall'espressione mite. E a Vito Lopertuso apparve chiarissima in quell'istante la ragione del nome di battaglia dell'animale: Nunèpecattiveria. Azzeccato, non c'è che dire, per uno che, si vociferava, era a quota sedici omicidi.

– Diciamo che mi hai convinto, – sospirò don Fefé.

– Voi siete il migliore degli uomini! – esalò Vito.

– Però 'o problema resta.

– Vi posso restituire i soldi, – azzardò Vito.

Don Fefé fece un cenno e Gennaro avanzò di un passo. Vito alzò le braccia in segno di resa.

– Scusate. A volte parlo a vanvera.

– Bravo, statt' zitt'! Mo', allora, io ti ho dato i soldi per avere in cambio Il Castello...

– E lo avrete!

– Come?

– Il barone non teneva parenti, mi sono informato. Era l'ultimo della sua schiatta.

– E mo' è schiattato, – motteggiò don Fefé.

Vito scoppiò a ridere. Gennaro lo fissò interdetto, poi, visto che il capo approvava, rise pure lui.

– Quindi, – riprese Vito, ormai padrone della situazione, – i suoi beni dovrebbero essere acquisiti dallo stato. Sarà nominato un esecutore testamentario. Farò in modo di essere io. A questo punto, siccome il barone aveva molti debiti, Il Castello, grazie a me, ve lo prendete pure a meno.

– E se quella capa fresca ha lasciato tutto a qualcuno, chessò, all'amichetto suo?

– Allora gli facciamo l'offerta giusta e ce lo prendiamo lo stesso.

– E metti che a te non ti nominano esecutore e che il nuovo padrone ti manda a fare in culo?

– Be', un margine d'imprevisto c'è sempre. Però io credo che…

– Metti che va storto, – ruggí il boss.

– Restano sempre i soldi, – pigolò Vito.

Don Fefé si concesse una pausa. Tossicchiò. Estrasse dal taschino una sigaretta elettronica – grande invenzione, fa bene alla salute e chella scassauallera 'e muglièrema finalmente nun tene cchiú niente 'a dicere – e cominciò lentamente a svapare.

– Tu che dici, Genna'?

– Quello che dite voi, don Fedele.

Il boss ci pensò su ancora un po', poi emise un mezzo grugnito di soddisfazione.

– Vabbuo'. Inutile farsi sangue marcio, perché alla fine una soluzione si trova sempre. Vuol dire che, in caso tutto va male, ci accontenteremo dei soldi. In fondo, so' sempre tre milioni, no?

Sulle prime, Vito pensò di aver sentito male.

– Tre... milioni?
– Tre milioni, sí. Perché, mi sono sbagliato?
– Per la verità, il finanziamento era di uno e mezzo, se non ricordo male.
– Ah, e come no! – rise don Fefé. – Ma quello, uno e mezzo, era se l'affare si fa. Se l'affare salta ci stanno i costi aggiuntivi. Chesto è 'o mestiere tuo, no? Ce sta 'o lucro cessante, ce sta 'o danno da stress... No, Genna'?
– Giusto, – confermò il guappo.
– E sennò, pecché me chiammano 'o Ragioniere? – concluse, sempre sorridendo, l'altro.
– Ma io non ce li ho tre milioni, – sbottò Vito, sull'orlo di una crisi di pianto.
– Eh, non ce li ho... Ma tieni le case, tieni la masseria, tieni la barca... Su, su, animo, guaglio', 'na soluzione se trova, se si vuole. E sennò, ce sta Gennaro. No, Genna'?
– E apposta, don Fedele!
– Vabbuo', – concluse il boss, – ridacce 'o telefono e jammucinne.

Vito Lopertuso, brillante talento che sentiva approssimarsi la fine, digitò con furia il numero di Pippi 'u Gnauro, un uomo fidato.
– Dottore, dove sei? Che ti serve?
– Vienimi a prendere. Sono a Li Petri Amari.
– Mèscula! E ce ste faci dda mmeru?
– Fatti li cazzi tua e muoviti, e porta a tuo figlio.
– Arrivo, dottore.
In un impeto di sdegno e autocommiserazione, Vito scagliò il telefono verso il mare. Poi, colto da ripensamento, si mise a cercarlo in mezzo alle pietre aguzze. Un quarto d'ora dopo, quando arrivarono a Li Petri Amari, Pippi e

suo figlio lo sorpresero carponi, i vestiti strappati, che malediceva tutto e tutti, in particolare la malasorte. Ritrovarono il cellulare al tramonto. Acciaccato, ma funzionante. Vito Lopertuso tirò un sospiro di sollievo. E fece male, ma non poteva saperlo.

3.

L'umido soffio del mare d'autunno era carico di morbida arrendevolezza. Profumava di occasioni perdute, di vite gettate al vento, delle memorie di fantasmi rinsecchiti di un tempo ormai tramontato per sempre.

Emma ripensò al loro film. Com'è che diceva Charles Boyer? «Noi non l'avevamo capito, ma Stavisky annunciava la morte. Non solo la sua, no, quella di un'intera epoca...»

Si era rifugiata nella casa al mare, la vecchia pagliara a duecento metri dal faro spento da decenni. Voleva starsene per un po' in pace, lontana dalle voci che la ferivano con la loro misericordia ipocrita. Le facevano le condoglianze come a una vedova, i bravi paesani. E dietro commentavano:

– Meschina, una vita sprecata appresso a cuddu scianàru.

– Eppure lo sapíano tutti ca 'un ci piacíano 'i crapette.

– E magari era lesbica puru idda, no?

Perché al barone, in fondo in fondo, tutto si poteva perdonare: era nato cosí, e cosí doveva finire. Ma a lei, a lei no, quell'ostinazione senza causa gliel'avrebbero rimproverata per l'eternità. Non riuscivano a capire, e quindi non potevano accettare. Non che ne facesse loro una colpa. Neanche lei si era mai capita. Si era accettata, questo sí. Era stato il suo punto di forza, sempre. Sapeva che proprio da quell'impossibile legame con Stefano traeva ogni sua energia. «Isole nella corrente», aveva detto una volta lui, citando vecchi amori letterari. E quando lei gli aveva parlato del suo passato di sinistra, molto di sinistra, lui si era stretto nelle spalle: mettendoti con me, non stai facendo che continuare in altro modo la tua lotta, mia cara.

«Io non mi sono messa con te, Stefano. A te piacciono i maschi».

«Il nostro è sempre un matrimonio: ti piaccia o no. E in ogni caso intendevo una forma di lotta estetizzante, la tua rivolta contro il brutto».

«*Io* sono brutta».

«Bruttina, semmai. Ma c'è a chi piace, *chérie*».

Schermaglie. Adorabili, innocue. Cosí dolcemente rassicuranti, e dunque essenziali. E ora, tutto finito. Il loro gioco... addio per sempre. Doveva dimenticare. Tirarsi fuori da quello spleen funereo. Ma le battute del barone e di Sacha Stavisky continuavano a frullarle nella mente.

Un cinefilo accanito avrebbe aggrottato la fronte. Nel film di Resnais, nel *loro* film, era Stavisky-Belmondo a dialogare con Charles Boyer nel ruolo del vecchio barone debosciato. Nella scena, Arlette non era nemmeno presente.

Ma che importa? Stefano aveva davvero dilapidato il suo patrimonio. E in fondo, comunque, tutto dipendeva proprio da questo. Lei era stata per lui Jean-Paul Belmondo. Forse perché nella vita di Stefano ce n'erano stati sin troppi, di Jean-Paul Belmondo. Il nuovo Damien Hirst: un brasiliano di Rio de Janeiro che si tagliuzzava le vene a ritmo di samba. Per finanziare l'esibizione di quel ciarlatano a New York, Stefano si era giocato a zecchinetta un palazzotto a Lecce. E ovviamente aveva perso l'immobile e il carioca. Poi c'era stato il nuovo Kusturica: un filmaker istriano che aveva scritto una «formidabile sceneggiatura sottomarina sul canto poetico dei capodogli» (ma non erano le balene?) Gli era costato due masserie a Ostuni. Perse alla carta piú alta. Il film non s'era mai girato. Era emerso, in seguito, che il sedicente produttore era il cognato del geniale giovane artista, pregiudicato per sfruttamento della prostituzione. Poi c'erano quelli che lui chiamava *i miei angeli caduti*. Miserabili avanzi di tutto e di niente raccattati agli angoli delle strade. Sottoproletari incarogniti dalla miseria. Fricchettoni tossici dall'acre odore di fallimento in cerca di un tetto per la notte.

Era stato uno di loro a fracassargli il cranio?

Un rumore la fece trasalire. Come un graffiare a un tempo intenso, sommesso e disperato. Veniva dalla porta in legno del locale lavanderia, sotto il poggetto che dominava la discesa a mare.

Saranno i soliti gatti, si disse. Emma detestava i gatti. Considerava il binomio donna-gatto corrivo e scurrile. Peggio: melenso. Roba buona per le bambine con il fermacapelli perse dietro la principessa Sissi. Se avesse dovuto scegliere un animale da proteggere o nel quale identificarsi, avrebbe pescato dalle parti di donnole, furetti e faine. Predatori bizzarri e imprevedibili. Non volpi, troppo scontata anche questa accoppiata, *the lady and the fox*. C'era stato un periodo in cui aveva sviluppato un'autentica passione per le vespe. Perché non si è mai capito a che cosa servano, se non a far danni. Inutili e dannose: come si era sentita lei per cosí tanto tempo, prima di incontrare Stefano. In ogni caso, nella pagliara non mancavano mai ciotole d'acqua e bocconcini strategicamente disseminati sui bordi dei muretti a secco: i gatti, dopotutto, non erano responsabili del suo livore.

Discese i tre gradini che la separavano dalla lavanderia e lasciò partire un verso, un *pssst*, un *maooo maooo* per rassicurare le bestiole. Le rispose una voce maschile, soffocata, carica d'angoscia.

– Emma! Emma, è lei?

Il primo impulso fu di fuggire. Qualcuno era entrato nel giardino. Era in pericolo, era…

– Emma, per l'amor di Dio, Toni sono... Sono rimasto chiuso nella lavanderia... Per favore, mi faccia uscire, sto soffocando!

Lei vacillò. Cosí era destino che si trovassero faccia a faccia, l'amante che mai fu amata e l'amato che le aveva portato via l'oggetto d'amore. Toni Bannera. Il ragazzo che suonava la pizzica e sognava di diventare una rockstar. L'ultimo fidanzato di Stefano. Il suo assassino. Ora lí, impotente, nelle sue mani. La serratura della lavanderia era difettosa. Impossibile aprirla dall'interno.

Emma recuperò il sangue freddo. La sua voce risuonò aspra, crudele.

– Chiamo i carabinieri. O forse ti lascio là dentro a marcire. Scegli tu, Toni.

– Emma, non sono stato io! Io gli volevo bene. Dovevamo sposarci. In Spagna. Stefano aveva già preso i biglietti.

– I biglietti! E io non ne sapevo niente, secondo te?

– Doveva essere una sorpresa. Mi creda, mi creda...

Emma rientrò in casa, inseguita dalle urla sempre piú disperate del ragazzo. Doveva fidarsi? Non era stata lei per prima a dubitare del gioco erotico? Ma perché? Perché non voleva rassegnarsi all'idea che Stefano fosse cosí idiota da lasciarsi scannare dal ragazzo che amava? E lo amava, poi, davvero, o era solo uno dei tanti Belmondo di passaggio? Si armò di un coltellaccio, afferrò una torcia, tornò di sotto. Si accostò alla lavanderia. Dall'interno provenivano adesso singhiozzi sommessi. Piangeva di rabbia perché era pentito o perché era... innocente? Armeggiò con la serratura, poi, decisa, tirò il paletto. Illuminò l'ambiente con la torcia. Il ragazzo era sdraiato per terra, si teneva le braccia con le mani; la camicia bianca era imbrattata di schizzi di sangue. Emma fece un passo indietro.

– Vieni fuori, su.

Toni si rialzò piano. Era piccolo, esile, nelle poche occasioni in cui si erano incontrati gli era apparso gentile, sensibile. Diverso dai tanti altri che l'avevano preceduto. Invecchiando si cambia target, si era giustificato Stefano.

– Ecco, guardi, guardi se non dico la verità!

Emma diresse il raggio della torcia sulla busta spiegazzata e macchiata anch'essa di sangue che il ragazzo le porgeva. Due biglietti aerei. Roma-Madrid. C'erano pure i nomi. I nomi di Stefano e di Toni. La data fissata era per l'indomani.

– Che motivo avevo di farlo? Io… sí, ci sono stato, l'ho visto là, tutto massacrato, e ho avuto paura. Sono scappato… dovevamo andarcene insieme… sposarci… era tutto programmato… e al ritorno avremmo fatto una grande festa e lui… lui diceva che sarebbe diventato ricco, che i nostri problemi si sarebbero risolti, che…

– Vieni, ti porto dentro. Hai bisogno di una doccia.

Decise di credergli. Fu l'idea della sorpresa a convincerla. Perfetto stile Stefano Mallarmé. Un mix di audacia, incoscienza e, ovvio, di melodramma. Le nozze spagnole col bell'amante, matrimonio segreto, *ça va sans dire*, e al ritorno la rivelazione.

S'immaginò la scena:

«Dovevi dirmelo, Stefano».

«Non volevo che provassi a dissuadermi».

«Peccato. Mi sarebbe piaciuto farti da testimone», avrebbe chiuso lei con nonchalance.

Tornò a fissare Toni.

– Che vuol dire che sarebbe diventato ricco?

Il ragazzo allargò le braccia.

– È quello che diceva lui. Forse aveva in mente qualche affare, chissà…

Ah, gli affari di Stefano! Quelli che impiantava nei momenti di esaltazione, quando cominciava a farneticare del bisnonno gerarca che aveva creato dal nulla l'industria manifatturiera di Canestraro di Mezzo.

«Ho sempre pensato che in fondo sei un fascista mascherato», lo punzecchiava lei.

«Aaah, ma che dici, io *detesto* le camicie nere! Mi hai mai visto indossarne una, tesoro?»

Gli affari di Stefano. Una bufala dopo l'altra. La carta vincente che non avrebbe mai pescato.

Erano arrivati sulla soglia di casa quando il giardino si popolò di colpo di ombre, poi una luce accecante rivelò in esse la consistenza di uomini armati. Armati e in divisa.

– Bannera Antonio, venga avanti con le mani bene in vista, e lei, signora, resti dov'è, grazie.

Toni si prese la testa fra le mani, poi di scatto azzardò una grottesca fuga verso la discesa a mare. Subito gli furono addosso in quattro, lo schiantarono al suolo, lo trascinarono via mentre, ululando, si dibatteva.

Ardenzi si avvicinò alla donna e le sfilò dalle mani il coltellaccio.

– Emma, che cosa voleva farci con quello?

– Ucciderlo, all'inizio. Poi ho deciso che era meglio starlo a sentire. E tu? Mi hai fatto seguire?

– Ho solo pensato che la pagliara era uno dei possibili nascondigli, – sussurrò il pubblico ministero accendendosi un sigaro, – e come vede ho avuto ragione. Sa che potrei incriminarla per favoreggiamento?

Emma scoppiò a ridere. Per qualche oscura ragione, Ardenzi se ne sentí ferito e inquieto. Lei gli porse i biglietti aerei.

– Non credi che questi cambino il quadro della situazione? – lo provocò.

Ardenzi lanciò un'occhiata distratta e si strinse nelle spalle.

– Cerca di vedere oltre il tuo naso, Ardenzi! – incalzò lei.

L'altro, suo malgrado, abbassò lo sguardo. Era tornata, per un istante, la terribile Blasi, il terrore dei liceali, l'inossidabile maestrina che provocava il panico nelle loro tenere anime. O, piú semplicemente, quella stronza della Blasi. E di colpo anche lui fu di nuovo lo studente tremebondo che si dannava l'anima sui libri, lo studioso accanito, il secchione che, nonostante gli sforzi, al massimo poteva aspirare a una stentata sufficienza. A un certo punto avevano cominciato a chiamarla Medusa: aveva lo sguardo che uccide. Era venuta a saperlo, e mentre loro si aspettavano una tremenda repressione, li aveva stupiti, una volta di piú. Si era appropriata del soprannome. Ne aveva fatto una bandiera. La bastarda. Il fatto è che alla Blasi quelli troppo perbene, quelli che facevano con diligenza il proprio dovere, non garbavano. Siete mediocri, ripeteva, tenete gli occhi bassi, siete limitati... Com'è che diceva? Privi. Siete pri-vi... Alzate la testa, guardate verso l'orizzonte, e anche oltre. Quando intuite un confine, varcatelo. Nicciana dei miei stivali! E da ragazza stava coi comunisti. Cercava l'eccellenza, la Blasi. Cercava l'eccentricità. E si innamorava di inenarrabili teste di cazzo, irraggiungibili nell'arte di infinocchiarla con quello che lei chiamava «il guizzo». Be', qua non è questione di guizzo, mia cara, ma di assassini. E gli assassini si inchiodano con le prove. E le prove...

– Non siamo piú a scuola, professoressa, – mormorò, in un estremo sforzo di sintesi.

– Ma tu sei rimasto lo stesso di sempre, Ardenzi. Sei privo. Stefano e quel ragazzo si amavano, dovevano sposarsi. E Toni dice che Stefano era sul punto di risolvere i suoi problemi economici. Non lo ha ucciso lui. Se vuoi fermarti all'apparenza, fai pure. È sempre stata la tua specialità. Ma stai sbagliando.

Ardenzi prese fiato. Le cautele che il ruolo gli imponeva e la sua naturale propensione alla prudenza, confinante, per le malelingue, con una diplomazia parente stretta della vigliaccheria, gli avrebbero consigliato di abbandonare il campo, lasciando quella vecchia pazza in compagnia dei suoi fantasmi. Ma ci sono i sentimenti, che diamine, e non sempre si può ragionare, con quelli. Specie con l'odio.

– Sa, professoressa, c'è una cosa che mi sta qui, qui sul gozzo. Sono venticinque anni che voglio dirgliela, e adesso gliela dico: lei è una grandissima stronza.

Fottiti, Medusa: prima o poi un Perseo che ti taglia la capa lo troveremo.

Se mentre si avviava si fosse girato, Ardenzi sarebbe rimasto ancora una volta sorpreso: Emma sorrideva.

4.

Nei giorni successivi, Emma si dedicò a questioni pratiche e urgenti. Per prima cosa ingaggiò il piú famoso penalista della zona. Pontaccio, manco a dirlo suo ex allievo, accettò di difendere – beninteso a caro prezzo – l'assassino del barone.

– Punteremo alla seminfermità. Ma servirebbe una confessione, professoressa.

– Non se ne parla. Il ragazzo è innocente.

Il professionista l'ascoltò, severo e composto, disse che gli spunti investigativi suggeriti erano interessanti e suscettibili di approfondimento, non nascose le difficoltà dell'impresa ma non fu alieno da un cauto ottimismo. Quando la professoressa si allontanò, chiamò la segretaria e le dettò precise disposizioni:

– Se telefona quella spostata, io non ci sono.

Emma andò a trovare Toni in carcere e gli portò parole di conforto. Il ragazzo era in isolamento, e aveva iniziato lo sciopero della fame. Lei lo convinse a desistere spiegandogli che Stefano avrebbe giudicato volgare un simile cedimento. Il ragazzo disse che avrebbe cercato di buttar giú qualcosa. La sera stessa lei telefonò all'avvocato, per chiedere se fossero emerse novità. La segretaria, gentile, la informò che il *professore* era a Roma per una causa in cassazione, ma che se ci fossero state novità l'avrebbero subito avvertita. Lei comunicò, secca, che il mandato era revocato. Pontaccio richiamò immediatamente.

– Professoressa, mi scusi, appena la segretaria...

– Risparmiati la commedia, Filiberto. Ti conosco meglio di tuo padre e di tua madre. Sei sempre stato un trafficchino, e per questo hai fatto carriera. Le regole del gioco sono chiare. Qua comando io. O me ne trovo uno meglio di te e i soldi te li scordi.

– Non accadrà piú, professoressa.

Fu poi la volta del funerale. Ottenne dalla procura il nullaosta al rilascio della salma e si accordò con una ditta di Bari per la cremazione. La sua scelta laica fu aspramente criticata in paese. Ma il barone non era credente. I preti e i loro paramenti gli facevano orrore. E la sua volontà andava rispettata. Fu lei stessa a pronunciare poche parole, che le sgorgarono piú aspre di quanto avrebbe voluto, nell'atrio del Castello ancora sotto sequestro. Non poteva farci niente: era risentita con Stefano. Non doveva andarsene cosí. Non senza di lei.

Fra la piccola folla che si era radunata, perlopiú fatta di curiosi o di conoscenti superficiali, spiccava, per commozione trattenuta e compostezza, Vito Lopertuso. A Emma fece piacere rivedere quel suo allievo cosí dotato e sensibile, uno dei preferiti nelle tante stagioni d'insegnamento. Prima che il carro funebre muovesse verso il crematorio, Vito le si avvicinò e le strinse la mano, con fraterna semplicità. Lei apprezzò. Lui le chiese se, nei giorni successivi, avrebbe gradito una sua visita. Lei lo autorizzò a cercarla come e quando voleva. Vito Lopertuso la guardò andar via, una donnina minuta, dai capelli ingrigiti, priva di qualsiasi attrattiva, e pensò che sarebbe stato facile concludere l'affare e, con questo, recuperare la libertà. Era venuto a sapere, da una fonte in procura, che il barone aveva nominato Emma Blasi sua erede universale. Non si trattava che di aspettare qualche giorno, e tutto si sarebbe risolto.

Quando, una settimana dopo, il testamento fu reso pubblico ed Emma si installò nel Castello, la prima – o per meglio dire l'unica – visita che ricevette fu quella di Vito.

– Mi creda, professoressa, non vorrei proprio affrontare la questione in un momento simile, ma, per l'amicizia e la stima che nutro verso di lei sin dai tempi del liceo... Eh, quante ce ne ha fatte passare, a tutti quanti. La terribile professoressa Blasi. Insomma, sento il dovere di dirle che...

A quel punto, gli vennero meno gli argomenti. Colpa di lei. L'aveva guardata un istante di troppo. E lo spettacolo lo aveva disarmato. Emma faceva impressione. Una vecchia altera su una poltrona zoppa, lo chignon severo, e quello sguardo, lo sguardo della Medusa, che ti pietrifica.

– Allora?

Vito superò lo sbandamento, si passò una mano sulla fronte, recuperò la parlantina, espose la situazione.

Il barone era morto in rovina. Anche se Emma aveva accettato l'eredità con beneficio d'inventario, la situazione era troppo compromessa per poterne venire a capo in modo ragionevole. I creditori erano tanti, e molto agguerriti. Qualunque piano di riparto sarebbe stato respinto, poiché tutti esigevano l'integrale soddisfacimento del credito.

– A Stefano piaceva la rovina. L'ha inseguita per tutta la vita, – mormorò Emma. La sua voce risuonò sognante.

– Sí, ma qui stiamo parlando della *sua* rovina, Emma.

L'esito prevedibile della vicenda era la vendita all'asta del Castello. Le offerte sarebbero state inesorabilmente inferiori al valore commerciale e storico dell'immobile. Sullo *storico* Vito Lopertuso si concesse una pausa enfatica, e tacque. Aspettò che fosse lei a interrogarlo, con uno sguardo ora incerto.

– Ma c'è una via d'uscita, professoressa. E io credo che lui, Stefano... mi permetta di chiamarlo cosí, perché, pure se non eravamo proprio amici, buoni conoscenti ci si poteva definire... Stefano approverebbe.

Un investitore, che per il momento preferiva mantenere l'anonimato, era rimasto folgorato dalla bellezza del Castello. Ne aveva sentito parlare da amici comuni che avevano avuto modo di visitarlo, si era documentato ed era disposto a rilevare in blocco l'eredità. Si sarebbe fatto carico di tutte le spese e gli oneri. Emma ne sarebbe uscita senza perdite, e anzi con un dignitoso guadagno.

Ecco, aveva calato l'asso. Sul suo volto si stampò un sorriso che sapeva di afflato filiale. Emma scosse la testa.

– Del guadagno non me ne importa niente. Chi è questo investitore?

– Come le ho detto...

– Preferisce conservare l'anonimato, va bene. Ma che intende farci del Castello?

Vito si prese un'altra pausa. Era il punto cruciale. Quello che aveva fatto naufragare la trattativa con il barone. Il vero casino, insomma.

– Posso assicurarle che il mio cliente ha tutto l'interesse a preservare l'unicità di questo sito meraviglioso, e si adopererà con le sue risorse, che, ripeto, sono ingenti, nell'opera di valorizzazione del palazzo, un patrimonio importantissimo per il nostro territorio...

– Ne farà un residence per ricchi rincoglioniti? È cosí, Vito?

La professoressa e l'allievo. Ma vaffanculo, vecchia matta, dimmi di sí e finiamola! La professoressa e l'allievo. Eh, ma io ero il tuo cocco, o ricordo male?

Vito le andò vicino e le prese una mano. La fissò negli occhi.

– Si fidi di me, Emma. Io comprendo il suo dolore e non la tradirei mai. Si fidi di me.

– Voglio pensarci un po', – concluse lei.

Era meglio di niente, si consolò Vito, levando le tende.

5.

Doveva cedere? Vendere Il Castello e tirarsi fuori da quella vita sbagliata? Rinnegare Stefano? Vito sembrava sincero. Per la prima volta dopo la morte del barone, Emma aveva la sensazione che qualcuno, un'anima affine, comprendesse davvero il suo stato d'animo.

Si aggirava inquieta per il palazzo. Ritrovarsi in quell'ambiente familiare che la disgrazia aveva reso tanto diverso la sconvolgeva.

Ma come avrebbe potuto fare a meno del suo passato?

Il risentimento che ancora provava per Stefano svaní di colpo, e dal suo cuore partí una risata irrefrenabile. Be', era stato divertente. Atroce e divertente, quel loro gioco a due. E lei, in fondo, che cosa avrebbe potuto chiedere ancora? Aveva goduto del suo prezioso spazio segreto, e per un tempo lungo. A quanti esseri umani era stato concesso un simile privilegio? Quando il Belmondo di turno gli infliggeva l'ennesima ferita, quando si trascinava disperato in vestaglia minacciando di appendersi al ramo piú alto dell'ulivo piú antico di uno dei pochi fondi sopravvissuti allo sperpero, quando le bottiglie vuote di Chablis si accumulavano, allora Stefano le diceva di indossare *il mantello di Albertine*. Era un pezzo raro del quale le aveva fatto dono. Una replica del celebre capo immortalato da Proust che aveva rintracciato dopo una faticosa ricerca. E lei diventava una volta di piú, per lui, e solo per lui, l'Arlette che non sarebbe mai stata nella vita reale del barone Mallarmé di Belcastro. E dopo il dialogo del film, lui le chiedeva di danzare la danza dei sette veli di Salomè, e intanto rievocava la sua amicizia con i grandi attori, le epiche sbornie, i viaggi a Parigi e a New York, quel ciabattino russo rimorchiato sulla metropolitana di Londra... Ricordava, immaginava, inventava, infine rompeva in un gran pianto, malediceva il bastardo che gli aveva rubato il cuore e chissà cos'altro, soldi, carta di credito, il personal computer, e implorava consolazione e comprensione. Lei allora lo fronteggiava, Medusa, e gli ripeteva: tu non sei Charles Boyer, e neanche Erode, se è per questo. E io non sono Arlette e nemmeno Veruschka nel film di Carmelo Bene, e non venirmi a dire che tu e Carmelo, quel giorno... perché io lo so che è tutto, tutto una stupida finzione. Tu sei un aristocratico erotomane fallito e io la stronza che ha sprecato per te la sua vita. Stefano rientrava in sé, con un sorriso e una battuta. Scendeva in giardino e coglieva due o tre fichi d'India. Li sbucciavano e li assaporavano in religioso silenzio, lanciandosi occhiate complici. Lui le lasciava sempre quelli color violetto, i suoi preferiti. Poi tiravano la carta piú alta, lei vinceva, e andavano a dormire, l'uno accanto all'altra.

Doveva prendere una decisione. L'avrebbe lasciata al caso. O, forse, all'anima di Stefano. Che a queste cose non credeva. Paradossale, no? Ci voleva un'ultima recita. E la carta piú alta avrebbe determinato la sua sorte.

Afferrò il mazzo. Contò le carte, per scrupolo. C'erano tutte, e questo la sorprese. Riandò con la mente alla sera in cui Stefano aveva pescato l'asso di cuori, quando aveva rischiato di vincere.

«Ma ti rendi conto, Emma? Potevo vincere! Io potevo vincere! Se tu non avessi pescato il jolly... Quante probabilità c'erano? Eh? Quante?»

«Be', potevi pescarlo tu».

Lui si era bloccato per un istante, poi si era avventato sulla carta.

«Lo brucio, questo jolly maledetto. Cosí mi levo ogni tentazione di vittoria».

Lei glielo aveva strappato di mano e lo aveva segnato con un puntino microscopico.

«E se la vita ti stesse lanciando un messaggio, invece?»

Già. Un messaggio. Il jolly era ancora là, con il suo puntino. Perché? Gli era davvero venuta, all'improvviso, la voglia di vincere? A lui, che aveva fatto della sconfitta il suo unico dio? Era stata lei a suggerirgli l'idea?

Si mise a cercare freneticamente il Dvd con il film di Resnais. La casa era ancora sottosopra, ma i Dvd erano in bell'ordine nella libreria sul camino settecentesco. *Stavisky* però, mancava. Strano. Rovistò ovunque, frugò in cassetti e cassettiere, rivoltò armadi, strappò materassi. Nulla. E anche il mantello di Albertine, anche quello era scomparso. Stefano non si sarebbe mai separato da quei cimeli. Erano l'architrave della loro vita. Non poteva averle fatto questo, no!

Chiamò Ardenzi.

– Ancora lei!

– Mancano cose importanti.

– Lo chieda al suo protetto, dove sono finite.

– Lui non c'entra niente. Qualcuno è entrato qui, ha ucciso Stefano e ha portato via un Dvd e un mantello.

– Lei è fuori di testa...

– Smettila di usare questo tono, Ardenzi!

– Senta, professoressa Blasi. Abbiamo trovato il Dna del suo ragazzino sul cadavere del barone.

– Ve lo ha detto che è stato lí e che ha toccato il corpo.

– Avremo modo di parlarne al processo. Arrivederci.

Irritata con quell'ottuso, e forse di piú con sé stessa, si precipitò alla pagliara. Qualche volta avevano recitato anche lí. Magari Stefano aveva... ma niente. Niente. Si preparò un tè e lo allungò con una buona dose di rum. Poi passò direttamente alla bottiglia. A notte fonda, credette di aver trovato la soluzione al mistero.

Stava nel cuore di Stefano, in quel suo cuore contorto e infantile con cui aveva giocato per tanti anni. Ma sí, certo, era cosí semplice. Lui voleva partire, andarsene con il suo nuovo amore. E il suo modo di andarsene era fare terra bruciata. Che cosa lo legava a Emma? I simboli. Il film, il mantello...

Stefano li aveva distrutti. Si era tagliato i ponti alle spalle.

Non c'era altra spiegazione.

E lei, in quegli anni, non aveva mai trovato il coraggio per confessargli che odiava Proust. Lo odiava con tutta la dannata forza della sua anima.

Emma bevve l'ultimo sorso di rum e telefonò a Vito Lopertuso.

– Prepara le carte. Firmo.

6.

Anche un capo saggio e avveduto come don Fedele Agramone, talora, commette degli errori. Alcuni sono veniali, trascurabili, e vengono perdonati, se non proprio dimenticati. Altri possono rivelarsi fatali. L'errore che don Fedele aveva commesso qualche settimana prima di trasferirsi armi e bagagli nel Salento era della seconda specie. Il suo errore si chiamava Nando Cavallo.

Giovane promessa del clan, valido tecnico informatico e telefonico, Cavallo si vantava di poter fornire ai pezzi grossi del sistema schede telefoniche criptate a prova d'intercettazione, intestate a nominativi fittizi, e cellulari dotati di software capaci di sfuggire ai piú sofisticati strumenti di rilevazione. E in effetti, sino al mercoledí precedente l'omicidio del barone Mallarmé, nessuno aveva dovuto lamentarsi dei suoi servigi. Ma quel mercoledí era accaduto qualcosa. Qualcosa che avrebbe cambiato per sempre la vita sua e di molti altri *bravi ragazzi*. Da un paio di settimane Nando Cavallo se la faceva con Raffaellina, la figlia di un capozona di San Giuseppe Vesuviano. Storia clandestina, avendo il padre ben altri progetti per la sua pupilla, che, dal suo canto, si era invaghita di Nando perché il ragazzo sembrava, ed era, molto diverso dai decerebrati tutti coca e pistolettate che circondavano il genitore. Nando era gentile, sensibile, leggeva persino dei libri. E non c'era pericolo che ricorresse alle maniere forti. Anche se trafficava da qualche anno con i peggiori elementi dell'hinterland napoletano, si considerava una specie di scienziato delle telecomunicazioni, o quantomeno un professionista sul libero mercato. Mai e poi mai si sarebbe sporcato le mani con un'azione violenta. La violenza, a lui, faceva schifo. Schifo, e paura. Perciò, quando all'uscita della discoteca *'O fiore malato* di Terzigno i tre balordi, forse stranieri, forse soltanto ragazzotti esaltati, si erano fatti sotto con avance alquanto ardite nei confronti della bella Raffaellina, il suo unico pensiero era stato quello di afferrare le chiavi dell'Audi Q7 bianca e filarsela subito. Dopo aver messo in moto si era però accorto che forse non era stato il pensiero giusto. Raffaellina non solo non lo aveva seguito nella fuga; la figlia di Pasquale 'o Scannapiecore, in quell'istante orgogliosa di esserlo, non aveva alcuna intenzione di farlo. Se ne stava piantata al centro del piazzale antistante la discoteca, a gambe larghe, quelle meravigliose, stratosferiche gambe che lo facevano impazzire, con un revolverino che, impugnato a due mani, minacciava beffardamente il terzetto degli aggressori. E altrettanto beffarde erano le frasi che la giovane, in uno scatenato turpiloquio, indirizzava non tanto ai bersagli umani – i tre avevano le mani alzate e sembravano sull'orlo di una crisi di pianto – quanto a lui, al povero Nando Cavallo.

– Iesse, piezz' 'e merda, omm' 'e niente, cacasotto, vieni fuori, Nando 'e 'sto cazzo, mi hanno mancato di rispetto, accírele a tutte quande!

Nando si era affacciato, goffo e tremante, e aveva cercato di farla ragionare. Ma non mi hai scelto perché non sono violento? Non hai sempre detto che quei guagliuncelli esaltati che ti girano intorno ti fanno orrore e ribrezzo?

– Tu mi fai orrore e ribrezzo, ricchione, chiattill' 'e merda!

Niente da fare. Fuori controllo. Raffaellina si trasformava, sotto i suoi occhi, in un mostro. C'entrava di sicuro la metamfetamina che la ragazza si era calata in dose massiccia, ma...

Plof. Crack. Bum. Il colpo era partito. Uno dei tre si teneva le trippe, invocando la mamma, mentre gli altri due ne approfittavano per darsela a gambe urlando a squarciagola. Nando stava per farsela sotto. Raffaellina gli passò la pistola, lo squadrò un'ultima volta con aria di commiserazione, poi montò sulla vettura e partí sgommando. Fatti dieci metri, tornò indietro.

– Con me hai chiuso. E se dici una sola parola, sei un uomo morto!

Morto, o ergastolano, rifletteva un paio d'ore dopo Nando Cavallo, nella stazione dei carabinieri di Terzigno. Quel poveraccio era morto stecchito. Lui si era fatto prendere imbambolato, l'arma ancora fumante in mano, e quando si era difeso accennando alla ragazza, i militi erano scoppiati a ridere e l'avevano abboffato di mazzate.

Morto, o ergastolano, o, alla peggio, pentito.

– Facciamo un accordo, – aveva esalato, infine, e quelli, dopo l'iniziale scetticismo, avevano cominciato a prenderlo sul serio.

E, per la miseria, ne aveva di cose da raccontare! Tanto per dire, un bel mucchietto di cellulari criptati del gotha del sistema. Oro per sbirri e magistrati.

Nando Cavallo se la cantò per due giorni interi, e dopo che fu assegnato a località protetta grazie ad arresti domiciliari ottenuti a tempo di record, dalla Direzione investigativa antimafia partirono le prime segnalazioni. Una di queste raggiunse la procura di Lecce e atterrò sul tavolo di Davide Ardenzi. Quando lesse, nero su bianco, che fra il camorrista Fedele Agramone, latitante da dieci anni, e il dottor Vito Lopertuso risultavano decine e decine di contatti negli ultimi sei mesi, il giovane sostituto procuratore della

Repubblica saltò sulla sedia. Lopertuso era una sua vecchia conoscenza. Commercialista spregiudicato ma, sino a prova contraria, estraneo a giri criminali. O cosí almeno si era sempre creduto. L'unica volta che sul suo conto erano circolate voci – ma soltanto voci, eh, e con le voci non si fa processo, è noto – era stato proprio lui a mettere in riga un poliziotto scalpitante: mica vogliamo intercettarlo solo perché è un bravo uomo d'affari, no? Affermazione che, sacrosanta sul piano del diritto, gli era un po' costata su quello umano.

Perché Ardenzi odiava Vito Lopertuso.

Lopertuso era di quelli che al liceo strappavano i massimi voti attingendo per i temi ai manuali delle frasi celebri, citando a memoria il Bignami di letteratura latina e risolvendo le versioni piú ardue dal greco con l'aiuto del Pechenino, il proibitissimo manuale che spiattellava le piú oscure forme verbali della lingua di Omero. E le professoresse sospirose andavano in estasi per la sua *originalità*. Merda. Come non bastasse, Vito Lopertuso era il tipo che seduceva le ragazze intortandole con le frasi da Bacio Perugina, quando non da «Settimana Enigmistica». Cosí si era sposato la ragazza che Ardenzi aveva desiderato invano per anni. E mo' ti cucino io, caro il mio cocco della Medusa!

Dispose una sorveglianza discreta e accertò i legami di Lopertuso con Pippi 'u Gnauro e il figlio, due balordi del posto. Ottenne senza fatica le intercettazioni, e fu cosí che poté leggere, un paio di giorni dopo, la trascrizione della telefonata della Blasi a Lopertuso, con l'accenno inquietante alle carte da firmare, e quella, immediatamente successiva, del commercialista al boss di riferimento: «La vecchia firma, affare fatto», seguita dal repentino Sms di Agramone, quel «bravo guaglione» che rischiava di mutare radicalmente lo scenario.

– Di quando sono queste telefonate, Nuzi? – domandò al suo maresciallo di fiducia.

– Di due giorni fa, dottore.

– E adesso me le date, teste di cazzo?

Ardenzi fu assalito da un conato di rimorso. Perché era vero che la Blasi non ci capiva un'acca di psicologia adolescenziale, ma anche lui, lui non stava forse prendendo una cantonata enorme? Magari dietro la morte del barone c'era davvero qualcosa di assai piú grosso di un gioco erotico finito male. E se era cosí, Medusa era in pericolo.

Afferrò il cellulare e chiamò la Blasi.

Nessuna risposta.

– Nuzi! Coletta! Andiamo, – ordinò. – E prendete le pistole.

E mentre lo diceva si sentiva, a un tempo, un po' ridicolo e un po', anzi molto, responsabile.

7.

Il telefono di Emma suonava a vuoto, perché la donna aveva deciso di non rispondere a nessuna chiamata. Se ne stava alla pagliara, seduta allo scrittoio, e attendeva. Davanti a lei una replica in plastica e ferro di una pistola Heckler & Koch calibro 7.65, opportunamente privata del regolamentare tappo rosso, e altri oggetti: la custodia di un Dvd contenente un esemplare del film di Alain Resnais *Stavisky. Il grande truffatore*, un mantello rosso scarlatto, il joker di un vecchio mazzo di carte pornografiche contrassegnato da un minuscolo puntino sul retro e una lettera manoscritta di Stefano che svelava l'identità del suo carnefice.

– Professoressa? Posso entrare? Professoressa... signora Blasi?

– Vieni, vieni, Vito, ti stavo aspettando.

Vito Lopertuso avanzò fiducioso verso l'atto finale.

– Ho preparato i documenti. Adesso le mostro dove deve firmare.

– Siedi, siedi qui di fronte a me. Non c'è fretta.

Fu allora che il commercialista vide la pistola e impallidí. Di armi non se ne intendeva, Vito Lopertuso, e non era certo in grado di distinguere un originale da una copia. Perciò impallidí, e sentí, oscuramente ma vividamente, che l'abisso non sarebbe riuscito a evitarlo. Non quella volta.

– Ma, professoressa...

Lei agitò l'arma, come per imporre il silenzio. Vito si mise a sedere, obbediente. Forse, se fosse riuscito a distrarla, a prendere tempo...

La Blasi sospirò.

– Ieri stavo rimettendo in ordine, e sotto quel divano là, – Lopertuso si volse, suo malgrado, seguendo l'indicazione del dito, – ho trovato un avviso delle poste. E sai che cosa diceva quell'avviso?

– Professoressa...

– Stai zitto, miserabile. Stefano mi aveva mandato un pacco. Il giorno stesso della morte. Mi sono precipitata al deposito e l'ho ritirato. Ci ho trovato, fra le altre cose... cose che hanno un senso per me ma che una bestia come te non potrebbe mai capire... ci ho trovato una sua lettera. Comincia cosí, povero caro: «Mia cara e dolce Arlette...» Arlette sarei io, ma anche questo tu non puoi capirlo... «Mia cara e dolce Arlette, per una volta sto provando l'insano impulso di vincere. Stasera ho un appuntamento con una tua vecchia conoscenza, il giovane Lopertuso. Ci giocheremo veramente alla carta piú alta la felicità. E io vincerò. Certo, sarà una vittoria truccata, e tu puoi ben intuire come. Sei stata tu a darmi l'idea. Quando mi parlasti della vita che mi stava lanciando un messaggio, be', avevi ragione. La vita non è che un maledetto imbroglio. Di colpo tutta la mia retorica sui belli e perdenti mi è sembrata la sterile fantasia di un idiota. Vincere è bello, ed è bello essere innamorati, bella è la vita e bello l'amore...» Qui diventa un po' ampolloso... Ma... ciò che mi interessa sapere da te è: com'è andata? Voglio sentirtelo dire, Vito. Voglio sentirlo dalla tua voce di Giuda. Poi...

– Poi?

– Intanto, parla. Non mi pare che tu sia in condizione di trattare.

Vito Lopertuso represse a fatica un conato di vomito. No, maledizione, no, certo che non era in condizione di trattare. Però poteva prendere tempo, doveva farlo. Si aggrappava a un'esile speranza, come chiunque avrebbe fatto nelle sue condizioni: Pippi 'u Gnauro si sarebbe insospettito non vedendolo tornare, sapeva che stava andando dalla pazza della pagliara, avrebbe...

– Sto aspettando, Lopertuso.

Doveva prendere tempo. E invece le parole eruppero torrenziali, frammentate, mescolate a mezzi rigurgiti dalla sonorità grottesca. Parole troppo veloci per l'esile speranza. Il barone lo sapevano tutti che era fallito. L'offerta era ottima. Ma quello se la menava con la storia di conservare Il Castello, ché non voleva darlo in mano al primo sconosciuto, e sí, sí, il suo cliente era un malavitoso, e sí, avrebbe fatto del palazzo un residence a caro prezzo, e i quadri buoni se li sarebbe venduti, e ai creditori avrebbe fatto capire che non era il caso di insistere con le loro pretese, ma il prezzo era giusto, era il progresso, che diavolo, Belcastro sta morendo, qua pure il turismo è in calo, avremmo portato soldi e benessere, ma il barone niente, preferisco giocarmelo alle carte piuttosto che venderlo a un verme come te, pure le offese, professore', pure le offese, e allora lui aveva colto la palla al balzo, giocarselo, Il Castello, perché no, il barone non aveva mai vinto una mano in vita sua, era leggendario, e sí, giochiamocelo, Il Castello, e quel bastardo aveva tirato fuori il mazzo di carte con le figurine oscene, e lui, Vito, aveva pescato l'asso di cuori, che poi era 'na fica di femmina, scusi, professoressa, ma lo conosce pure lei quel mazzo, e io mi sentivo intra li vrazzi di Cristo, e poi era successa quella cosa incredibile, il barone aveva fatto un poco di scena, e aveva pescato...

– Il joker, – sospirò la Blasi, mostrandoglielo.

– Sí, il joker. Maledetto a lui! Proprio con me doveva vincere!

– A te non era mai successo di perdere, vero?

Vito Lopertuso non riusciva a reggere quello sguardo implacabile, da giustiziera. L'aveva fuggito nei lunghi anni di liceo grazie alla sua vena camaleontica, ma adesso... Adesso il gelo di Medusa lo stava inchiodando alla sua miseria.

– È... il jolly, professoressa... quella è una carta segnata.

E questo, proprio, Vito Lopertuso non poteva tollerarlo. No. Anche se faceva la vita che faceva, doveva esserci qualcosa come un'etica. L'etica del gioco, e che cazzo, se salta quella, salta tutto, tutto. Vito riviveva la scena. Lui che firmava sotto gli occhi attenti di Mallarmé l'impegno all'accredito della somma, la stretta di mano, e alla fine la risata del barone.

– Se ne vantava, capisce, professore'? Mi ha sbattuto in faccia il jolly truccato, perché tanto ormai hai firmato, Vito, e tu sei un uomo d'onore, no...

Il resto era stata solo violenza. Pura e sacrosanta violenza.

Emma chiuse gli occhi. Povero Stefano! Povero cuore innocente e contorto! E lei, lei che gli aveva dato l'idea...

Vito si avventò. Emma lasciò che le strappasse la pistola. Ecco una scena che non avrebbe mai dimenticato: lo scarmigliato ex allievo prediletto che tirava con rabbia il grilletto dell'arma giocattolo, e a ogni secco e vano *clic clic* urlava *muere, muere...*

Dal profondo le sgorgò una risata stridula, cattiva. Una risata cosí intensa che gli occhi le si coprirono di lacrime. Rideva ancora quando Ardenzi e i suoi irruppero nella pagliara e afferrarono il commercialista. E ridevano i suoi occhi quando Ardenzi, dopo, le porse le sue scuse.

– Sono io che devo scusarmi con te, ragazzo. Non ci ho mai capito un cazzo di voialtri. Sono stata una pessima insegnante, e come donna... Vabbe', lasciamo perdere.

Rise di nuovo, ma questa volta in modo quasi civettuolo, quando negli occhi non piú smarriti di Ardenzi intuí il lampo caldo del trionfo.

Epilogo

Il nuovo referente del clan per il Salento arrivò a Belcastro tre settimane dopo. Si chiamava Mario Negro, ed era incensurato. Il che gli consentiva di vivere e trattare gli affari alla luce del sole. Finché fosse durata, beninteso. E sarebbe durata a lungo, perché lui non aveva nessuna intenzione di ripetere errori come quello di don Fedele Agramone e degli altri idioti che erano caduti nella rete della piú colossale operazione di polizia dai tempi del processo ai casalesi. *Cavallina storna*, l'avevano chiamata quei minchioni d'e súrice, i topi, gli sbirri, con beffardo tributo a quel cornuto di Nando Cavallo.

«Un morto che cammina, – avevano sentenziato nelle alte sfere, – lui e quel ricchione del commercialista».

Seeh, e chissà come se li proteggevano quelli! La vendetta è una bella cosa, pensava Mario Negro, ma a volte rischia di essere solo una maledetta perdita di tempo. Intanto, mentre i gruppi di fuoco si dannavano l'anima per stanare i due infami, era caduto sul campo, seppellito dalla vergogna, Fefé Agramone. A Mario Negro l'eliminazione necessitata di colui che era stato il suo maestro era un po' dispiaciuta, ma cosí va la vita, gli errori si pagano, amen. E chissà come c'era rimasto male Gennarino, incaricato, in quanto uomo di fiducia della vittima designata, di eseguire la sentenza. Si diceva che, dopo aver spappolato il cervello del suo ex capo con un colpo di 357 magnum, avesse esclamato *nunèpecat-*

tiveria. Mario Negro non stentava a crederlo. Ma lui era un pragmatico, un affiliato di nuova generazione. Buoni studi e niente smancerie. Essenzialità. Ecco la nuova parola d'ordine. Perciò, nell'istante in cui sparava nella nuca a Gennarino, non si era lasciato sfuggire neanche un sospiro. Quelli, i sospiri, erano venuti dopo, mentre scaricava il corpaccione di Nunèpecattiveria nel pozzo di una masseria abbandonata. Ma erano sospiri di fatica: pesava piú di cento chili, l'animale. A rigor di logica, l'esecuzione non gli era stata ordinata, ma i capi avrebbero convenuto con lui quando gliene avrebbe motivato le ragioni. Gennarino sapeva troppo, e scarso di cervello com'era poteva rappresentare una minaccia. E in un momento cosí delicato per l'organizzazione, di minacce non se ne sentiva proprio il bisogno. Quella stessa sera, Mario Negro si concesse una passeggiatina esplorativa nel centro di Belcastro. Il Castello gli evocò immagini sinistre. Pragmatico, certo, ma un po' di sana superstizione, a volte, non guasta. I capi volevano insistere sul progetto, se non altro per rientrare delle perdite. Ma, a suo avviso, sbagliavano. Il Castello, secondo lui, portava male.

Mario Negro si accese una sigaretta. Al balcone centrale del palazzo era affacciata una vecchia. Doveva essere la professoressa impicciona della quale, prima di rendere l'anima al Creatore, gli aveva parlato il povero Gennarino Nunèpecattiveria.

Suo malgrado, provò un brivido. Vecchi ricordi delle scuole gli affiorarono alla mente. 'Na Medusa. Chella viecchia era 'na Medusa. Una che se la guardi negli occhi sei fottuto. Avrebbe cercato di convincere i capi a desistere. Ma se avessero insistito, l'affare l'avrebbe risolto a modo suo.

Senza guardarla negli occhi.

Febbre

di Maurizio de Giovanni

Sono io che l'ho ammazzato.

Proprio io. E vi dico la verità, sono felice di averlo fatto. Mi fa proprio piacere.

Perché dovete sapere, commissa', che era un bugiardo. Un grande, maledetto bugiardo. Diceva che vedeva, che sapeva, che capiva. E invece non vedeva, non sapeva e non capiva.

Proprio niente, vedeva.

Camminare per questa città significa attraversare molte febbri. Sentirsele addosso, viscide e ripugnanti, carezzevoli e subdole, che cercano di penetrare attraverso la pelle per invaderti l'anima.

Ci sono venuto che ero poco piú di un ragazzo, dopo il collegio, per frequentare l'università. Era un altro mondo, sembra passata una vita, e invece sono meno di quindici anni.

Non che non ce ne fossero, allora, di febbri. E sono ancora troppo giovane per ricordare il passato con malinconia. I reduci tornavano dal fronte, allora, esibendo mutilazioni bluastre mal fasciate, bende su orbite svuotate da bombe e schegge, espressioni straziate da orrori mai immaginati prima e ora impressi per sempre nella memoria. E c'era la fame, una fame terribile e rabbiosa come un animale braccato che attendeva, acquattato nell'ombra, di balzare addosso a donne e bambini; i vecchi morivano negli androni dei palazzi, in attesa di una carità che mai arrivava in tempo.

Eppure la città faceva meno paura di adesso che le squadre nere l'attraversano marciando e cantando a squarciagola, gli occhi ribaldi in faccia ai passanti per incrociare uno sguardo di sfida da spegnere a manganellate, in nome di un futuro luminoso e di nostalgie imperiali, vecchie duemila anni, da ricostruire con le armi.

Non che io mi interessi, di quella gente là. Della politica ho sempre capito poco, e non ho mai creduto che uno fosse meglio dell'altro. Il mio amico Bruno Modo, il dottore dell'ospedale dei Pellegrini, lui sí che prima o poi si caccerà in qualche brutto guaio. È convinto che questo regime ci porterà alla rovina, che il capo del governo sia un pazzo criminale e prepari lo sfascio senza rendersene conto.

Da parte mia, mi auguro solo che nessuno fra gli esaltati che affollano le piazze senta quello che Bruno va dicendo in giro e decida perciò di portarselo via. Sono in tanti a sparire, di questi tempi, a bordo di navi che partono all'alba lasciando donne e bambini in lacrime sul pontile a chiedersi se vedranno mai piú mariti e padri.

Anche questa è una febbre, in fondo. Meno evidente di poliomielite, tracoma, tubercolosi, vaiolo, tifo, che percorrono i quartieri poveri di porta in porta, di basso in basso, senza riuscire ad appannare il sorriso dei bambini e le liti delle donne nella formidabile lotta per la sopravvivenza che il popolo sempre vince, nonostante tutto. È diversa, ma è pur sempre una febbre.

Perché, sapete, le febbri sono tante. Soprattutto per chi vede i morti.

Sarebbe buffo dirlo a qualcuno. Magari, finalmente, mi rinchiuderebbero in una stanza, lasciandomi solo con la mia disperazione. A volte l'ho pensato, di raccontarlo a qualcuno di quelli che mi sono vicini. A Rosa, la mia tata, per esempio, che mi ama di un amore senza riserve che nulla potrebbe far affievolire; al brigadiere Maione, cosí devoto, cosí pronto a fermarsi sul bordo di ciò che non riesce a capire, e ad accettare per affetto qualsiasi assurdità; a Bruno, cosí realista, cosí incapace di guardare oltre la sofferenza fisica del mondo attorno a lui. A Enrica. A Enrica, con cui vorrei dividere qualsiasi inferno, e qualsiasi paradiso.

Ma non sopporterei di scorgere nei loro occhi la pena di chi scopre la follia nel cuore di qualcuno a cui vuol bene. Preferisco sopportare da solo il peso di vedere decine di morti mischiarsi ai vivi nelle strade, fermi agli angoli in una giornata di primavera, o sotto la pioggia dell'autunno; immobili con le ferite sanguinanti e la vita che fluisce fuori dai corpi martoriati, a ripetere senza sosta l'ultimo mezzo pensiero amputato, soltanto per i miei occhi e per le orecchie del mio animo straziato. Eternamente, ottusamente, testardamente.

Fino a quando l'aria e il vento cominciano a sbiadirli, come una vecchia fotografia ingiallita dal tempo, e qualcuno o qualcosa se li porta via all'inferno o dovunque sia previsto che vadano. Nel nulla, forse. Nel nulla, è probabile.

Diceva bugie, commissa'. Solo una massa enorme di bugie.

Non vedeva proprio niente. I suoi famosi sogni, quelli che sussurrava con la voce di miele alle orecchie di tutta questa gente che lo veniva a sentire, per tirare fuori un nuovo destino, un'altra possibilità.

Voi lo sapete, no, commissa'? Lo vedete ogni giorno quello che le persone farebbero, e quello che fanno, per migliorare la loro vita disgraziata.

Muoiono di fame, hanno mille malattie, eppure erano pronte a camminare ore per venire a sentire quello che lui si sognava di notte.

Follia. Solamente follia.

A pensarci, è come guardare un campo. Uno di quelli dalle mie parti, in alta collina, che digradano nel falsopiano e su cui mette radici ogni tipo di erba. Quei campi di passo punteggiati di fiori gialli e viola dove le pecore che salgono si fermano piú per il sole improvviso che per la bontà del foraggio, con la vegetazione agitata dal vento che non si placa mai. Dove le piante vive crescono di fianco e sopra a quelle secche, che pure continuano a ondeggiare con loro, anche se dentro gli steli non hanno piú linfa.

Li vedo muoversi, piano, come se volessero ancora seguire gli altri nella corsa inutile di ogni giorno, ma mancassero loro le forze. E a me, che li sento mormorare parole superflue, raccontano quanto fossero attaccati a questa assurda danza, quanto avrebbero voluto restare coi piedi sulla terra aspra. Dalla quale li ha tolti la ruota di un carro, l'impatto col suolo. Una coltellata, magari.

O una febbre. Una delle tante.

L'ho ammazzato per questo, commissa'. Per le bugie.

Era abituato a mentire. Si era salvato in quel modo dalla fame, dalla morte. Mentendo.

E sí, perché era abilissimo a mentire. Bisogna esserci tagliati, sapete? Perché una bugia, una sola, la possiamo dire tutti incastonandola in mezzo alla verità, cosí si confonde e passa inosservata come una moneta falsa in mezzo a una montagna di soldi.

Mentire sempre, mentire per sopravvivere, è diverso. Là ci vuole arte. Là devi cambiare la tua natura, ogni singola parola deve venire dal cervello e non dal cuore, dallo stomaco, dall'anima, da dove vengono le altre.

Lui mentiva, commissa'. Mentiva per professione, per carattere, per vivere.

Perciò è morto.

Molte febbri però non si vedono.

Eppure non sono meno mortali. Io lo so bene. Li vedo, gli effetti delle altre febbri; l'amore, la fame. La fame di futuro, soprattutto, che troppo spesso il futuro finisce per seppellirlo.

Una tra le febbri piú strane è il gioco. Il gioco del lotto, per la precisione.

Non che si giochi solo a quello. Le bische clandestine prosperano, i salotti dei ricchi fervono di carte e di fumo, agli angoli delle strade, su banchetti improvvisati, piccoli malviventi spostano assi con destrezza, pronti a scappare al primo fischio che avverte dell'arrivo di una guardia. Ma l'abitudine che lega la speranza di futuro al sogno è quella che si unisce a un biglietto colorato sul quale sono scarabocchiati tre numeri; un messaggio in bottiglia che il naufrago affida alle onde prima di affogare.

E giocano, giocano.

Giocano le serve, che sperano di non essere piú serve, di non dover piú salire e scendere mille volte le scale, di non vedere piú la pelle delle mani spaccarsi per il freddo, il caldo e l'acqua, con tutti i panni che sono costrette a maneggiare. Giocano le mogli per togliere i mariti dall'abbrutimento del lavoro, scambiandosi i numeri agli angoli delle strade, vicino alle botteghe acide del fetore di tinture, piombo fuso, frutta marcia. Giocano le sarte, gli occhi accecati dai mille punti infilati alla luce di candele consumate, succhiandosi le gocce di sangue dai polpastrelli. Giocano le capere, le sorridenti parrucchiere che girano con la borsa dei pettini e delle spazzole di casa in casa, sognando un tetto e un marito, e magari di farsi lavare loro i capelli, una volta.

Giocano gli operai, commentando gli eventi da cui trarre i numeri nelle officine, la pelle ustionata dal riverbero del metallo fuso, gli occhi rossi come braci, allucinati dal calore che li consuma. Giocano le maestre di scuola, per costruirsi una dote altrimenti impossibile, e giocano i piccoli allievi, mettendo in comune le monete avanzate dalla merenda. Giocano gli impiegati, rivolgendo un velenoso pensiero al capufficio, e i pensionati, senza soldi dopo una vita di lavoro.

Giocano i commessi dei negozi del centro, che vorrebbero accantonare per sempre il sorriso al quale sono costretti per compiacere clienti arroganti e maleducati; e giocano i commercianti, pensando alle montagne di cambiali che hanno firmato per mettere in piedi l'attività.

Giocano anche, e talvolta inutilmente vincono, i signori dell'aristocrazia, per scherzo o per dimostrare di saper ben interpretare i sogni; in certi casi vengono divorati dalla febbre perfino loro, e distruggono immensi patrimoni.

E giocano gli stessi postieri, impiegati e proprietari dei banchi lotto. Perché non resistono alla tentazione di governare la materia di cui vivono, vittime del contagio che hanno essi stessi interesse a propagare.

Tutti giocano, e alla lunga nessuno vince. Tutti sperano, e tutti muoiono disperati. Il banco invece vince. Vince lo stato e vincono gli strozzini, che prosperano a decine e centinaia, succhiando il sangue di questa massa di cuori, sospesa tra un presente soffocato e un futuro inesistente.

Una delle cose che mi fanno piú paura, il gioco. Un demone che striscia e ammalia, una sirena che canta nella nebbia. Per il gioco ho visto scorrere sangue da gole tagliate, colare cervelli da teste spaccate, e volti bellissimi irrimediabilmente sfregiati. Ho visto carte, numeri e bussolotti diventare pian piano il primo pensiero, piú mortale ancora di un tumore deturpante, di quelli che si cerca di nascondere nel buio della vergogna.

Il lotto, in questa strana città, è un rumore che comincia sottile il lunedí in mille discorsi, un brusio leggero fatto di numeri e di interpretazione di eventi e di sogni, e aumenta fino a esplodere nel tuono assordante del sabato pomeriggio, quando dal vicolo vicino a Santa Chiara partono di corsa cento, mille scugnizzi per regalare il sogno o la condanna a quelli che sono rimasti costretti al posto di lavoro, e non hanno potuto assistere all'estrazione.

La domenica segue col suo carico di delusione e disillusione, con la prospettiva di un futuro senza piú sogni e senza riscatto. Solo un giorno, però. Perché poi è di nuovo lunedí.

Chissà quante rivoluzioni si sono spente ancora prima di nascere nei biglietti colorati e nell'immaginazione del fantasma della ricchezza. Quanta rabbia collettiva è stata soffocata e frammentata in milioni di minuscoli sogni mai realizzati. Forse il vero guadagno che il potere ne ricava è questo, molto piú delle pur rigogliose entrate.

E quindi, commissa', che avrei dovuto fare io? Lo potevo solo ammazzare.

Le sue menzogne, un po' alla volta, mi stavano avvelenando la vita. Mi stava succhiando il sangue, le forze, la voglia di campare.

Apriva quella bocca e uscivano le bugie, tutte le cose che diceva di vedere, tutte le cose che diceva di sentire.

Solo falsità.

Ma era bello illudersi. Era bello sognare. È quello che ti fregava, di lui. La capacità di intuire che illusione ti serviva, di quale particolare bugia avessi bisogno per vivere.

Ti dissetavi con le fandonie che gli scorrevano dalla bocca, e ti convincevi che fossero vere. O almeno che sarebbe stato bello, se lo fossero state.

Quanto sarebbe stato bello.

Ripensandoci, non poteva succedere che di domenica. Il giorno della stasi, sospeso tra l'ansia delle giocate e la ripresa dell'illusione. Il giorno dei ripensamenti, il giorno della rabbia.

Il giorno inutile.

A me non dispiace essere di turno la domenica. Di norma è un giorno piú tranquillo degli altri, e si possono mettere a posto un po' di verbali e documenti che, nella frenesia dei giorni normali, si finisce con il trascurare; poi non è male evitare un pranzo cucinato dalla tata, che a volte sembra volermi dimostrare il suo affetto aumentando a dismisura la quantità di lardo, olio e peperoncino che già di solito utilizza in modo eccessivo.

L'unica cosa che mi dispiace perdere è Enrica mentre esce con la sua famiglia per andare a messa, un passo dietro ai genitori che si tengono sottobraccio, con i due fratelli piú piccoli per mano, seguita dalla sorella sposata e dal marito di lei, che spingono una carrozzina. Un breve spettacolo di meno d'un minuto, che sbircio nascosto dietro la tenda del tinello fino a quando li vedo scomparire all'angolo di via Santa Teresa.

È cosí bella, sapete. Alta, composta nei movimenti, elegante nella semplicità dei vestiti che sceglie.

Mi rendo conto che possa apparire una ragazza comune, di quelle che si vedono per strada o si incontrano nei negozi del centro, ma a saperla percepire, il suo modo di camminare diventa una canzone. Una canzone struggente, dal ritmo lento, suonata e danzata tanto piano da essere appena udibile, e solo se si presta la dovuta attenzione.

Amo, di Enrica, quella maniera serena e gentile di affrontare l'esistenza, i gesti semplici di una quotidianità perenne; un'apparenza, ne sono certo, sotto cui vibra una personalità complessa e determinata, tutta da scoprire.

Sarebbe una meravigliosa indagine per un commissario di pubblica sicurezza rassegnato alla solitudine. Se solo si potesse non condividere tutto; se solo potessi nascondere l'immagine della morte che mi perseguita.

Pensavo a questo quando un bussare frenetico mi riportò sulla terra. Era Ponte, la guardia scelta attendente di turno all'ingresso.

Se ne restò là, sulla soglia, il cappello in mano, gli occhi a terra. Era una sua caratteristica: non mi guardava mai. Sapevo che molti, in questura, pensavano che portassi male. Era una superstizione tra le tante, generate dall'ignoranza e dal fatto che mi capitava di dare soluzione a casi piuttosto intricati, che da altri sarebbero stati archiviati frettolosamente; la testardaggine, la convinzione e la pertinacia scambiate per una sorta di magia nera.

Ponte piú di tutti si sentiva a disagio in mia presenza. Poco male, perché neanche lui mi piaceva. Un ometto sfuggente, un leccapiedi che a forza di adulazione e servizi fuori ordinanza era entrato nelle grazie di Garzo, l'ottuso burocrate che ricopre l'incarico di vicequestore, il mio superiore diretto. Formalmente l'attribuzione della mansione di attendente diretto del funzionario lo avrebbe escluso dal servizio attivo, ma la penuria di personale costringeva anche lui a qualche turno disagevole. Quella volta il disagio era doppio: lavorare di domenica e con me quale unico referente.

Aspettai che Ponte parlasse, senza dargli il conforto di una domanda. Dopo quasi un minuto trascorso dardeggiando di sguardi la parete, la poltrona, il calendario e il ritratto di Mussolini, mormorò:

– Commissario, permettete. Io ero al portone, giú dabbasso, sapete. Sto di turno io, oggi.

Annuii.

– Lo so, Ponte. Ho visto lo stato di servizio quando sono arrivato, alle sette. Ci siamo pure incontrati, ricordi? Allora?

L'ometto sospirò, fissò il soffitto, poi la punta delle scarpe.

– Allora, commissa', è arrivata una chiamata. Cioè, non una chiamata, ci hanno avvisati. No, non proprio avvisati, è venuto un ragazzino, anzi, cinque o sei, hanno detto che... No, non hanno detto, hanno gridato...

Ci voleva una pazienza infinita. E magari, mentre io aspettavo che quel linguista deficiente di Ponte trovasse le parole giuste, da qualche parte un criminale si allontanava tranquillo dal luogo del misfatto.

– Ponte, – dissi con freddezza, – mi stai facendo perdere tempo. Hai un secondo per dirmi che diavolo succede, dopodiché mi fai il favore di liberarmi dalla tua presenza.

La guardia trasse un sospiro profondo, riuscí perfino a rivolgermi un rapido sguardo. Poi disse:

– Sembrerebbe che ci sia un morto. Al vico Speranzella, sopra Montecalvario. Un morto ammazzato. Sembrerebbe.

Mi alzai di scatto, Ponte sbatté le palpebre e fece un passo indietro, impaurito.

– Chiama Camarda e Cesarano, sono di servizio anche loro, e digli di raggiungermi al portone. Tu rimani al tuo posto e avvisa il vicequestore; sono sicuro che sai dove trovarlo.

Un omicidio assomiglia a una ferita sulla pelle della città. Cominci a trovare un lieve arrossamento e, a mano a mano che ti avvicini, il segno è sempre piú marcato, fino ad arrivare al sangue.

Quella domenica mattina la reazione della pelle della città iniziammo a scorgerla già molto prima di giungere al luogo dove la morte aveva fatto la sua comparsa, spezzando la pace del giorno di festa.

L'aria di maggio, che di solito portava fiori e canzoni, era pervasa da un sordo brusio che faceva da sottofondo al cammino delle due guardie e mio. Le imposte si schiudevano al nostro passaggio, mostrando per un attimo occhi curiosi che subito si ritiravano nell'ombra. Da un palazzo all'altro degli stretti vicoli che percorrevamo in salita, donne e uomini ancora vestiti da notte parlavano a voce alta in dialetto, salvo zittirsi e rientrare a precipizio quando compariva il nostro piccolo corteo, preceduto e seguito come sempre da un nugolo di scugnizzi scalzi e seminudi, che vociavano in un'allegra cacofonia.

Non sentivo quello che dicevano, ma capivo chiaramente che il fatto di sangue di vico Speranzella aveva avuto un'insolita rilevanza, e la notizia si era propagata sulle onde del racconto della gente con una velocità non usuale. Purtroppo gli omicidi non erano infrequenti, nel reticolo delle stradine di quel popolosissimo quartiere, ma stavolta sembrava proprio che ci fosse una emozione diversa, un coinvolgimento molto piú ampio. Ricordo che, camminando, mi chiedevo chi fosse stato ucciso, e perché fosse tanto popolare.

Il muro di folla si propose compatto davanti a noi dopo una curva stretta, quando ancora mancava un centinaio di metri all'indirizzo che ci era stato fornito da Ponte. Non appena la gente si accorgeva del nostro arrivo, cercava di scansarsi; eppure dovemmo farci strada a colpi di fischietto, tanto l'assembramento era denso. La calca si aprí, al solito, come il Mar Rosso davanti a Mosè, e giungemmo davanti a una palazzina bassa, con un portoncino semiaperto.

Subito di fianco c'era una ricevitoria del lotto, col grande cartello dei numeri estratti il giorno prima. La porta del negozio era socchiusa, nonostante fosse festa, e lí davanti un uomo in maniche di camicia discuteva animatamente con la folla:

– Non li possiamo dare, i numeri, non lo capite? Non li possiamo dare! E poi è inutile, non prendiamo giocate di domenica, lo sapete. Ne parliamo domani mattina, ve lo prometto.

Per un momento, né lui né quelli nelle prime file, tra i quali molti agitavano delle banconote, si accorsero di noi. Solo quando Camarda fece un fischio tutti si zittirono, e qualcuno scappò a gambe levate spingendo via i vicini: c'era sempre chi aveva ottimi motivi per non trovarsi nei nostri paraggi.

Meno consueto era il comportamento di un gigante che avanzava nella nostra direzione utilizzando la statura imponente e la corporatura massiccia per farsi largo. Le due guardie si diedero di gomito ridacchiando: la nave che fendeva il mare di persone era il brigadiere Raffaele Maione, il mio piú stretto collaboratore, in dignitoso vestito marrone e cappello di feltro grigio. Era strano vederlo in borghese, per noi che associavamo la sua immagine a una divisa rigidamente formale: ma era pur sempre domenica.

Quando giunse affannato e sudato davanti a me, scattò sull'attenti a mi salutò militarmente, sortendo un effetto misero per la mancanza della visiera, che non gli permise di completare il gesto, e per il rumore fiacco dei tacchi bassi, ben meno musicali di quelli degli stivaloni d'ordinanza.

– Commissa', buongiorno, – disse ansimando, – sono venuto appena ho saputo. Ho pensato che potevate aver bisogno di me. Allora, si sa come è successo?

– Maione, oggi è il tuo giorno di riposo. Che dirà Lucia, che non la porti a fare una passeggiata con un sole come questo? Grazie di essere passato, ma ora te ne puoi tornare a casa.

– No, no, commissa', vi prego. Questa è zona mia, abito poco lontano. Come faccio a non essere presente, proprio quando succede qualcosa qua? Non vi preoccupate, Lucia lo sa che il lavoro è lavoro. E poi sta preparando il ragú, quella quando cucina non mi vuole attorno: sarei andato a zonzo da solo. Fatemi dare una mano, mo' sto qua...

Annuii. In realtà ero contento che Maione fosse lí; soltanto con lui ho una certa confidenza e, se non c'è, i miei metodi un po' particolari sono difficili da mettere in pratica.

– Non sappiamo nulla, solo che c'è stato un omicidio a questo indirizzo. Ponte ha preso la notizia e noi siamo partiti.

Maione sbuffò, infastidito; non perdeva occasione di dimostrare la propria antipatia per l'attendente del vicequestore.

– Quel fesso non sa manco pigliare una denuncia, meglio che se ne sta fuori alla porta del suo padrone a fare il cane da compagnia. Le notizie ce le ho io, commissa'. Il morto è Rummolo Gaspare, detto Gaspare 'o Cecato. È un assistito. Il piú importante e famoso assistito della città.

Lo fissai:

– E tu come lo sai, se sei arrivato dopo di noi?

– Commissa', ma non vi guardate attorno? Non si parla d'altro. Io l'ho sentito dal balcone mentre mi pigliavo il caffè stamattina, che se lo raccontavano due comari da un lato all'altro della piazzetta: tenevano un tono sommesso che secondo me le hanno sentite pure in paradiso.

Prima che potessi rispondere si avvicinò l'uomo in maniche di camicia che, tra le urla di protesta della gente, aveva chiuso la porta di legno della ricevitoria.

– Brigadie', salute. Scusatemi, ma questi so' pazzi: volevano giocare i numeri di domenica.

Maione rispose con un cenno del capo e si rivolse a me:

– Commissa', il signore è don Vincenzo Caruso, postiere di questo banco lotto; don Vince', il commissario Ricciardi della pubblica sicurezza.

Era evidente che l'uomo, un giovane dall'aria sbrigativa con il volto bruno e due occhi vivaci che sormontavano un paio di baffi a manubrio molto curati, era piuttosto a disagio. Indicò il portoncino:

– Piacere, commissa'. Prego, entrate; ma sarà meglio, se mi posso permettere il consiglio, mettere una guardia qua fuori: altrimenti qualcuno cercherà di entrare appresso a noi per vedere... per guardare, e poi magari tirare fuori qualche altro particolare. Voi lo sapete, brigadie', quando succedono queste cose...

Maione assentí:

– ... so' numeri, lo so. Va bene, andiamo a vedere. Cesarano, tu rimani di guardia al portoncino; Camarda, dici a questa gente che se ne può andare a casa, ché non ci sta niente da vedere.

Dal piccolo androne buio si accedeva a una rampa di scale, ai piedi della quale, nascoste nella penombra, attendevano due persone: dalle sagome distinguemmo un ragazzo corpulento e una donna di statura molto scarsa. Il postiere fece le presentazioni:

– Gaetano, il mio impiegato; dorme qua sopra, sullo stesso pianerottolo di... insomma, dorme qua. E Maria, mia sorella, che pure lavora con me.

Percepii un sussulto di Maione, al mio fianco, prima di accorgermi, anche nella semioscurità, dell'incredibile bruttezza della donna; i lineamenti irregolari, alcune pelose escrescenze, gli occhi strabici, il naso lungo e adunco, le labbra sottili che, in un osceno, lascivo sorriso, scoprivano una dentatura irregolare e cariata. I capelli, acconciati con un fermaglio, aumentavano di una quindicina di centimetri un'altezza che comunque non raggiungeva il metro e sessanta. Fece un passo avanti e disse, con voce modulata:

– Commissa', che bella sorpresa e che onore avervi qui. Anche se la circostanza non è piacevole. Ma, come si dice, l'occasione non conta.

Per tutta risposta, mi limitai a un cenno del capo. Poi mi rivolsi agli altri:

– Portatemi dove è successo il fatto, per piacere.

Il ragazzo grasso indicò le scale e disse, rivelando una voce cosí acuta che sembrava quella di una bambina e contrastava parecchio con la sua figura:

– Prego, di qua. Bisogna salire solo una rampa.

La palazzina era bassa e non c'era il solito odore di aglio e cipolla che emanava da ogni abitazione della città la domenica mattina, con l'avvicinarsi dell'ora di pranzo. La scala culminava in un pianerottolo sul quale si apriva la porta di un unico appartamento. Chiesi:

– Non ci sono altre abitazioni, qui?

Gaetano, il ragazzo grasso, scosse la testa facendo tremolare tutti e quattro i menti che possedeva:

– No, commissa'. Solo questa.

Don Vincenzo, che si era fermato alle mie spalle con Maione, precisò:

– In realtà, commissa', si tratta di una stanza ricavata sopra il banco lotto, non è proprio un appartamento. Originariamente era un magazzino, poi... poi abbiamo ospitato Gaspare, che comunque aveva la stessa clientela nostra.

– In che senso? – chiesi.

Maione intervenne:

– Il commissario Ricciardi non gioca al lotto, quindi non lo sa come funziona un assistito.

La donna ridacchiò, incredula:

– Come sarebbe, che non gioca al lotto? L'unico in città che non sa cos'è un assistito...

Replicai freddo:

– Eppure sono proprio io quello che deve indagare sull'omicidio. Dopo, quindi, mi spiegherete tutto quello che c'è da sapere. Adesso, Maione... Insomma, lo sai...

Il brigadiere avanzò prontamente di un passo e si piazzò davanti allo stipite della porta socchiusa. Poi, rivolto ai tre, spiegò:

– Il commissario preferisce entrare una prima volta da solo nel posto dov'è successo il fatto, quindi, se permettete, io mi metto qua ad aspettare che esce.

Caruso si strinse nelle spalle:

– Come volete, commissa'. Ma lasciate che vi dia una lampada o che vi apra la finestra, là dentro è buio.

Alzai la mano:

– No, grazie. Preferisco trovarmi esattamente nelle condizioni in cui era la stanza quando l'assassino se n'è andato. Ma come mai è buio? E chi ha trovato il cadavere?

Il ragazzo grasso sollevò la mano come uno scolaro interrogato:

– Io, commissa', – disse con quella vocina che sembrava un graffio su una lavagna, – l'ho trovato io a don Gaspare. La mattina della domenica gli salgo un poco di latte, per fare colazione; la porta era aperta, il che è strano, e appena mi sono affacciato e ho chiesto permesso… be'… stava là com'è adesso. E che non c'è luce è normale, perché tanto don Gaspare non ci vedeva. Era cieco.

Scorsi, appena illuminato dal chiarore che veniva dal portoncino aperto un piano sotto, una specie di fagotto di stracci a un metro circa dalla soglia. Un attimo prima di chiedere al ragazzo come si fosse accorto che si trattava di un cadavere, notai la chiazza di liquido scuro che giungeva quasi al pianerottolo.

Entrai di un passo, e Maione si spostò di lato a chiudere lo spiraglio di battente rimasto aperto. Lasciai che gli occhi si abituassero all'oscurità, ma non erano gli occhi quelli che dovevano vedere.

È una sensazione difficile da raccontare. Comincia come una specie di elettricità; la pelle, prima della mente, recepisce una corrente, un brivido sottile che fa rizzare i peli. Poi un dolore sordo, che si irradia dalla nuca e rimane latente nella testa. E dopo esplode la visione. La vittima, ferma in piedi, con lo stesso aspetto di quando è diventata cadavere, che fissa l'ultimo attimo ed esprime l'ultimo pensiero: poche, oscure e inutili parole che non aiutano mai l'indagine. E allora arriva l'emozione addosso, spietata, dolorosa e incongruente. Il distacco, la pena della partenza, la nostalgia acuta e disperata di quello che si sta perdendo e che non ritornerà mai piú. Una sofferenza acuminata quanto la punta di uno stiletto, il sentimento finale che appesta l'aria del luogo dov'è stato provato, come una putrefazione.

Il fagotto a terra era un uomo di statura media, rannicchiato in posizione fetale, il volto verso il pavimento in una pozza di sangue. Ne distinguevo le spalle; una specie di vestaglia copriva il corpo fino alle caviglie. Alzai il capo, con un sospiro.

Di fronte a me, luminescente nell'oscurità come una pellicola al cinematografo, ma dotata di sonoro, la replica del fagotto di stracci, all'impiedi, il viso rivolto al cadavere simile a un gemello dolente. Una fluente chioma disordinata sulla sommità della testa, una mano in avanti, a mezz'aria, l'altra sul cuore, quasi stesse cantando una canzone sommessa. Non mi ero sbagliato, l'indumento era una vestaglia che arrivava quasi a terra.

L'immagine era di un uomo ancora giovane, di corporatura media e con i tratti regolari. Il suo dolore era sottile, non violento, non assoluto; forse la vita gli era stata pesante, e di conseguenza il distacco era uno strazio meno forte del solito.

Come sempre, mostrava la ferita che gli era stata fatale. Il corpo era intatto, ma non potevano esserci dubbi sulla causa della morte: l'occhio sinistro era semichiuso e velato, il destro, invece, un buco tondo dal quale, a fiotti, usciva lo stesso liquido scuro che aveva invaso il pavimento. Nell'immagine che si presentava allo sguardo della mia anima, e di cui la mia anima condivideva la sofferenza, il sangue scendeva come una lunga, ininterrotta lacrima verso il basso, imbrattando la guancia, il collo e il davanti della vestaglia.

Cercando con estremo sforzo di prolungare l'orrenda sensazione, mi concentrai sul mormorio che proveniva incessante dalle labbra dischiuse del cadavere all'impiedi, e per una volta non credetti al mio senso riposto, ebbi paura che la mia non fosse la consueta visione ma una pura allucinazione, perché l'uomo sussurrava:

Ventuno, nove e diciannove. Ventuno, nove e diciannove. Ventuno, nove e diciannove.

Tornai sui miei passi e dissi a Maione di convocare il fotografo e il medico. Poi chiesi di aprire la finestra e di dare cosí aria a quella tomba.

Il mio brigadiere aveva occupato con profitto i minuti che avevo trascorso nella stanza del delitto, raccogliendo dal postiere, dalla sorella e dall'impiegato le informazioni preliminari. Affidato alla guardia Cesarano il compito di chiedere l'intervento dei tecnici e del medico, mi riferí:

– Allora, commissa', l'accesso a questa stanza dove risiedeva il povero Rummolo è possibile solo dal portoncino da cui siamo entrati noi, la finestra è troppo stretta e nessuno ci passa; poi affaccia sulla strada e pure in piena notte uno che si arrampica lungo il muro darebbe nell'occhio. L'uomo viveva da solo, come sapete era cecato e non si arrischiava nemmeno a salire e scendere le scale se non accompagnato. Dicono che era pure diffidente e non apriva mai la porta, se non era sicuro di chi lo veniva a trovare. Certo, aveva i suoi clienti, ma di domenica, o di sabato sera tardi, se il fatto è successo ieri, non veniva nessuno perché, come sapete, l'estrazione c'è alle quattro di sabato pomeriggio.

Continuava a non essermi chiaro quale fosse l'attività che la vittima svolgeva, e per conto di chi. Lo domandai a Maione, e lui fece un sorrisino:

– Commissa', scusatemi, non mi entra nella testa che voi non giocate e che quindi non sapete come funziona il fatto dei numeri. Dunque, Gaspare 'o Cecato era un assistito, forse il piú importante di tutti. L'assistito è una persona che, in qualche maniera, comunica col mondo dell'aldilà. Che parla coi morti, insomma.

Un brivido mi percorse la schiena, di fronte al tono normale con cui Maione, il mio affidabile, pratico e concreto brigadiere, descriveva in poche, sbrigative parole la condanna della mia esistenza.

– Continua, – gli dissi.

– Precisamente, gli assistiti comunicano con le anime del purgatorio, quelle cioè che hanno bisogno delle preghiere dei vivi per essere prese in cielo. Sono le uniche ancora in contatto con questo mondo, perché la condizione dell'inferno e del paradiso è definitiva e lí i morti finiscono di poter andare in sogno a quelli che campano ancora. La credenza popolare dice che i piú propensi a dire i numeri sono i morti giustiziati che si sono pentiti all'ultimo momento, e i morti in modo violento. Forse, chissà, sono quelli che hanno piú cose da raccontare.

Lo disse con una smorfia ironica: non sapeva quanto fosse vicino alla verità. Solo che oltre ai sogni infestavano anche la vita di tutti i giorni. Almeno la mia.

– Quindi l'assistito è un ciarlatano che campa sulla gente credulona. E Rummolo era appunto uno di questi.

Maione assunse un'aria vagamente offesa.

– Commissa', non dovete dire cosí. Guardate che quando una credenza popolare è tanto diffusa, un fondo di verità ci sta sempre. E poi Gaspare 'o Cecato, nella fattispecie, non è che chiedesse soldi. Gli bastava un poco di carità, qualcosa da mangiare, qualche minuto in compagnia. Una persona d'oro. E oltre ai sogni suoi, aiutava pure a interpretare quelli degli altri.

Ero sorpreso.

– Ne parli come se lo conoscessi.

Arrossí, in evidente difficoltà. Si guardò i piedi, poi le unghie delle mani; mi ricordò Ponte, ma non mi azzardai a dirglielo.

– Forse una o due volte ci sono venuto pure io, commissa'. Quella, Lucia, mia moglie, capita che fa sogni strani, ma cosí strani che chissà da dove arrivano, e allora viene la curiosità di capire se qualcuno dall'aldilà... Voi lo sapete, noi abbiamo avuto una perdita grande... e se magari al nostro povero figlio Luca, nell'altro mondo, gli viene il desiderio di aiutarci a migliorare il futuro dei fratelli o la dote delle sorelle, che male ci sta? Quindi, Lucia sogna e io vengo, cioè venivo da Gaspare, che mi aiutava a capire quali erano i numeri.

Non mi era ancora chiaro.

– Ma se Gaspare dava i numeri e i suoi clienti, chiamiamoli cosí, non vincevano, perché tornavano? A meno che, ovvio, non vincessero tutti.

Maione si mise sulla difensiva:

– Commissa', che c'entra, mica Gaspare dava i numeri. Raccontava i suoi sogni e cercava di interpretare quelli degli altri. Si può sbagliare, anzi, quasi sempre si sbaglia, perché magari uno si fissa su un particolare del sogno e invece il numero sta in un'altra cosa, in un altro particolare

Nel frattempo era giunto il fotografo, che cominciò a illuminare coi suoi lampi al magnesio la scena del crimine. Dopo qualche minuto, sbuffando per la salita, arrivò pure il dottor Modo.

– Maledizione, per voi non c'è domenica né giorno festivo che tenga, eh? Un povero cristo vorrebbe godersi in pace un po' di riposo, magari santificando la giornata con una visita al bordello di via Chiaia per trovare un pizzico di calore umano, e invece arriva l'invito di quel burlone di Ricciardi per uno dei suoi festeggiamenti privati, di quelli in cui il massimo divertimento è un tressette. Col morto, beninteso.

Maione scattò di nuovo sull'attenti, e stavolta non nascose l'ironia:

– Dotto', ma quale onore! Di nuovo mi sono permesso di richiedervi nominativamente, io lo so che al commissario mio gli fa piacere incontrarvi.

Modo finse di lanciargli la borsa, da cui uscí un tintinnio lugubre di strumenti chirurgici:

– E io lo sapevo, brigadie', che potevo contare sull'affetto di un cliente come voi. Ma che è, hanno finalmente cambiato la divisa d'ordinanza? La potevano scegliere un poco meglio, questo panciotto damascato fa veramente schifo.

Maione inalberò un'espressione ferita:

– Dotto', mi dispiace per voi che siete un uomo di mondo, questo panciotto è il mio orgoglio, un regalo di mio cognato per il mio compleanno!

Modo ridacchiò:

– È evidente che vi odia, vostro cognato. Dopo un regalo cosí, quando mi chiameranno per toglievi un coltello dalla pancia, non avrò alcun dubbio su chi sarà stato. Completerò il servizio dando pure il nome del feritore, e in questura capiranno che basto io e che voi non servite proprio a niente. Be', chi hanno ammazzato oggi? E prima di pranzo, perdipiú. Manco il ragú gli hanno fatto mangiare, a questo povero cristo.

Maione, continuando a guardarsi perplesso il panciotto di cui fino a poco prima andava fiero, mormorò:

– Hanno ucciso Gaspare 'o Cecato, dotto'. Non abbiamo toccato nulla, vedete voi.

Modo si spostò il cappello sulla nuca e si grattò la fronte.

– Nientemeno, Gaspare in persona? Una vera divinità popolare, capisco perché questa confusione qui fuori. Peccato, però, una brava persona.

Mi ritrovai a essere sorpreso per la seconda volta in pochi minuti:

– Ma come, lo conoscevi anche tu?

Modo allargò le braccia:

– Chi non conosceva Gaspare 'o Cecato? Una leggenda nel mondo dell'interpretazione dei sogni e dei contatti con l'aldilà. Personalmente sono venuto in un paio di occasioni. In cambio delle... notizie che mi servivano l'ho visitato: a parte la cecità, conseguenza di un attacco di tosse convulsiva da bambino, scoppiava di salute.

Ero sconsolato:

– A quanto pare l'unico a non conoscerlo ero io.

– Perché tu, caro Ricciardi, sei un povero miscredente e per te un morto è solo un morto, un cadavere a terra e un enigma da risolvere. Invece, come vedi, i morti parlano. Parlano a me, che sono un genio della medicina e quindi riesco a risalire con precisione alle cause e all'ora della dipartita, e parlano a quelli come il povero Cecato, che hanno una sensibilità particolare. E tu sei invidioso perché con te stanno zitti. Perché sei insensibile.

Davvero? Sapessi, caro Bruno. Sapessi.

– Non ci tengo proprio, ad acquisire questa sensibilità, dottore. Vai, vai a sbrigare il tuo lavoro. Io nel frattempo faccio un paio di domande.

Ho colpito nell'occhio, commissa'. Proprio nell'occhio. Un colpo solo, profondo, netto. Tranquillamente, fidando che non se l'aspettasse, che non si proteggesse.

In quell'occhio che non vedeva; quell'occhio spento, inutile, che non si poteva nemmeno accecare perché già era senza luce.

Un solo colpo, fino alla sua anima nera.

In fondo, finché la mia mano è arrivata a un millimetro dalla pelle della faccia.

In fondo, senza nessuna pietà.

Dovevo capire.

Dovevo capire chi avesse avuto la forza, la volontà e soprattutto un valido motivo per porre fine alla vita di un uomo che, a quanto pareva, era benvoluto da tutti, e che al contrario di altri che facevano il suo mestiere non mirava ad arricchirsi alle spalle di poveri creduloni.

Dovevo capire chi avesse avuto l'opportunità per farlo, andando via indisturbato da un luogo in cui a tutto il vicolo era evidente l'entrata e l'uscita di chicchessia.

Dovevo capire chi fosse in realtà la vittima, che sentimenti e che passioni avesse suscitato la sua vita per indurre l'assassino al delitto.

E, incidentalmente, dovevo capire per quale motivo l'ultimo mezzo pensiero del morto, nel momento in cui lasciava questo mondo di dolore per dissolversi nell'aria, fosse stata una serie di numeri. E se questo, in un'assurda maniera, facesse di me un assistito, tale e quale a quello che era stato o aveva finto di essere, quando ancora respirava, il poveraccio che giaceva nella stanza accanto. E ancora, se possibile, dovevo capire cosa diavolo significassero *quei* tre numeri.

Decisi di non perdere tempo, e mentre Modo si accingeva a un primo esame del cadavere, chiesi di poter utilizzare, per gli interrogatori, il locale della ricevitoria chiusa. Quando si indaga su un omicidio, ogni singolo minuto che passa allontana dalla soluzione del delitto; l'orologio lavora per l'assassino e contro l'investigatore. In particolare, il primo giorno è quello in cui la maggior parte dei criminali si ingegna a predisporre un valido alibi, una copertura che gli consentirà di farla franca. A confortare questa urgenza, la tempistica del lotto. Che l'assassinio fosse avvenuto nell'intervallo di chiusura della ricevitoria, nell'unico momento della settimana in cui la febbre del gioco concede alle sue vittime una transitoria requie, aveva di certo un significato preciso, e io dovevo scoprire quale fosse.

Volli parlare con Caruso, il titolare dell'esercizio. Con me c'era Maione, che ogni tanto si fissava perplesso i lembi del panciotto; evidentemente la critica estetica di Bruno lo aveva colpito in quella che era stata fino ad allora una sicurezza. Notai che con sforzo addominale aveva chiuso i bottoni della giacca sul ventre prominente, per limitare la superficie visibile dell'indumento.

Il locale del banco lotto non era molto ampio, e probabilmente nell'orario d'apertura si intasava di folla vociante. I tre sportelli dove si ricevevano le giocate erano protetti da vetri spessi; il passaggio di soldi e biglietti avveniva attraverso una feritoia stretta.

Caruso seguí il mio sguardo e interpretò correttamente i miei pensieri.

– E sí, commissa', dobbiamo urlare per farci sentire dai clienti. Qua, nei giorni della settimana, a quest'ora è un inferno. Vengono tutti a giocare, qualcuno in rappresentanza di interi vicoli, con una lista lunghissima di numeri; spesso non teniamo manco il tempo di andarci a mangiare un pezzo di pane. Con me lavorano allo sportello mia sorella Maria e Gaetano, l'impiegato che avete conosciuto. Io mi fido solo di loro, che sono di famiglia. Guadagniamo bene, per carità, ma è una fatica enorme.

Chiesi:

– Rummolo, la vittima, era alle vostre dipendenze? Prendeva da voi, che so, uno stipendio, dei regali, rispondeva a voi per qualche compito che gli affidavate?

Caruso negò con decisione:

– No, no, commissa', ma che dite? Assolutamente no, Gaspare era un assistito, il piú famoso e bravo della città! Se fosse stato un mio dipendente non avrebbe lavorato piú, la gente non si sarebbe fidata di lui.

Maione intervenne:

– Dite al commissario perché abitava qui da voi, allora.

– Certo, brigadie'. Gaspare abitava non lontano da qui, con la madre che era anziana e faceva la lavandaia. Quando è mancata, lui, poverino, è stato sfrattato e non sapeva dove andare. Sapete, commissa', Gaspare i sogni li interpretava da quando era ragazzino, ed è diventato subito famoso, ma non prendeva mai denaro dai clienti. Diceva che se lo avesse fatto i morti non gli avrebbero parlato mai piú. Perciò chi gli portava da mangiare, chi dei vestiti, chi dei dolci; ma un proprietario di casa non accetta certo dolci, in pagamento. Perciò io gli ho offerto la stanzetta qui sopra, che tanto non serve al negozio ed era libera. Tutto qui.

Maione insistette:

– Però qualcosa la ricavavate pure voi, no?

Caruso si strinse nelle spalle:

– Certo, una volta che venite per farvi interpretare il sogno, il biglietto lo giocate qui, vi pare? La ricevitoria per i clienti di Gaspare era una comodità.

Annuii:

– Capisco. E cosí, in questo modo indiretto, Rummolo vi ripagava dell'ospitalità. Chi aveva accesso alla stanzetta, oltre a voi tre del personale?

– Nei giorni normali i clienti, ovvio. Ma quando la ricevitoria è chiusa, è chiuso pure il portoncino. Normalmente io, Gaetano e Maria, che abitiamo di fianco, apriamo quando qualcuno ha necessità di parlare con Gaspare. Ci vengono a chiamare e li facciamo entrare.

Sentii bussare alla porta. Maione fece passare Modo, che si asciugava le mani nel fazzoletto. Pregai Caruso di uscire e ascoltai i risultati dell'esame del dottore.

– Allora, il giovane è morto quasi all'istante. Ha ricevuto un unico colpo con un'arma da punta, non so se un coltello o un punteruolo, ma potrebbe essere stato anche un bastone da passeggio piuttosto sottile, nell'occhio destro. Naturalmente dovremo attendere l'esame necroscopico che farò in ospedale domani, però direi che l'arma, che salvo errore nella stanza non c'è, è penetrata direttamente nel cervello dalla cavità orbitale spappolando il globo oculare. Una bella ironia, non vi pare? Un occhio inutile che diventa il posto dal quale entra la morte.

– E tutto quel sangue? – chiese Maione.

– Dietro l'occhio passano un sacco di vasi, brigadie', qualche arteria compresa. È normale. Comunque, il corpo non presenta altri segni di violenza. Non c'è stata colluttazione, non si è difeso. Le unghie sono intatte, non ci sono ecchimosi. Il colpo è stato vibrato a sorpresa; non se lo aspettava.

– Sei in grado di stabilire a quando risale la morte?

Modo si grattò la fronte, pensoso:

– Direi a ieri notte. L'appartamento non è riscaldato e la temperatura è mite, quindi lo stato del cadavere dovrebbe essere indicativo con sufficiente precisione. Tra mezzanotte e le due. Ma anche questo te lo confermo domani.

Ringraziai Modo:

– Va bene, Bruno. Tieniti reperibile, casomai ci servisse qualche altra cosa.

Lui finse un evidente sconforto:

– E no, accidenti, adesso mi vado a mangiare qualcosa in trattoria, e poi cerco di divertirmi un po'. È domenica, se non ve ne siete accorti. E ho già assistito a troppi spettacoli terribili, a cominciare dal panciotto di Maione per finire con la vittima di un omicidio. Ho bisogno di bellezza, io. Ho un animo sensibile, mica faccio il poliziotto.

Maione protestò flebilmente:

– Dotto', ma si può sapere che tenete contro il mio panciotto? Guardate che è una delle prime volte che me lo metto, e per strada stamattina mi guardavano tutti, segno che...

– ... che è terribile, credetemi, brigadie'. Io lo dico per voi, meglio quella divisa che vi fanno mettere di questa pezza damascata arancione che, parlando con rispetto, a casa mia non userei nemmeno per asciugare i piatti. Sentite a me, buttatela appena arrivate a casa, vostro cognato vi odia, e siccome non tiene il coraggio di dirvelo in faccia ha cercato di farvelo capire con questo messaggio. Buona giornata a voi.

Uscí, lasciando Maione a bocca aperta.

Chiesi di far entrare i fratelli Caruso e Gaetano, l'impiegato.

– Sapete dirmi se, quando e a chi avete aperto il portone delle scale da ieri sera? Riflettete, perché è molto importante che siate precisi.

I tre si guardarono. Caruso rispose deciso:

– Io sono stato in trattoria, e mi sono fermato con gli amici a bere e chiacchierare.

La donna fece una smorfia, che migliorò di pochissimo gli orribili tratti del suo viso:

– Io non sono uscita, sono rimasta in casa tutto il tempo. Sono andata a dormire presto, nessuno mi ha cercata.

– E ci credo, – mormorò Maione alle mie spalle.

Gaetano taceva. Guardò a terra, poi alzò gli occhi sul suo principale e li riabbassò al suolo.

Maione gli si rivolse brusco:

– E allora, Gaeta'? Tu che ci racconti?

Il ragazzo aprí la bocca e la richiuse. Poi sospirò e disse:

– Veramente qualcuno è venuto. Verso le undici, io stavo dormendo; mi hanno svegliato due volte.

Lo incalzai:

– Vogliamo spiegarci?

Il ragazzo taceva, in chiara difficoltà. Maione alzò la voce:

– Rispondi al commissario, guaglio'. Subito!

Gaetano insaccò la testa nel collo, come se avesse ricevuto una sberla sulla nuca. Poi disse, con la voce sottile resa ancora piú stridula dalla tensione:

– Il conte Palmieri, è venuto. E dopo una mezz'ora la contessa. Mi ero appena riaddormentato, mi ha fatto saltare nel sonno.

Chiesi:

– Chi è il conte Palmieri? E per quale motivo è venuto ieri sera cosí tardi, si può sapere?

Caruso guardava nel vuoto:

– Il conte... abita qua vicino. È uno dei nostri clienti migliori. Viene spesso, diciamo. Piuttosto spesso. La contessa no, lei non viene mai. Io l'ho solo intravista un paio di volte, col conte, a passeggio. È... è...

Maria ridacchiò, passandosi una mano adunca sull'acconciatura, come ad accarezzarla:

– È bella assai, commissa'. È la donna piú bella di questo quartiere, e forse dell'intera città. Ma tiene una faccia triste che... La bellezza è importante, commissa', e sta nel cuore di chi ce l'ha, mica negli occhi di chi guarda. Una donna bella dev'essere allegra, no? Se no, a che le serve la bellezza? Guardate a me, per esempio.

A mezza voce, Maione sussurrò:

– Meglio di no, commissa'. Meglio che non la guardiamo proprio, a questa.

Cosí comparivano sulla scena altri due possibili protagonisti.

Lasciai le due guardie e Maione di presidio alla ricevitoria, raccomandando di non far muovere nessuno e di impedire che fosse prelevato qualunque oggetto, e mi feci dare l'indirizzo del palazzo del conte.

Prima di avviarmi, però, presi da parte Caruso.

– Sentite, vi devo fare una domanda che forse vi sembrerà strana. Diciamo che si tratta di una curiosità personale. Avete idea di che cosa significhino i numeri 21, 9 e 19?

Il postiere mi fissò con stupore.

– Ma è una cosa insolita, in effetti, commissa'. In genere ci chiedono di tradurre le cose o le situazioni in numeri, non viceversa. E noi consultiamo la smorfia, il libro dei sogni. Ma ve lo posso dire, certamente. Vedete, i numeri, proprio perché devono tradurre molte cose, sono come il fondo di un imbuto: risalendo possono riferirsi a immagini diverse. 21, normalmente, è *'a femmena annura*, la donna nuda. Ma, piú in generale, significa la bella donna, o anche la bellezza. Il 9 è *'a figliata*, il parto. Ma anche il distacco, la separazione, che appunto il parto comporta. Il 19 è *'a risata*, e quindi l'allegria, la felicità. O il desiderio. Dipende, insomma.

Ci pensai su. Al solito il Fatto, come io tra me e me chiamo la condanna che appesta la mia esistenza, non mi dava alcun aiuto, anzi, mi confondeva le idee. Però un elemento lo avevo: una donna bella. O nuda. O entrambe.

Ero curioso di conoscere la contessa.

Il palazzo del conte Palmieri trasudava decadenza fin dall'ingresso. Gli intonaci scrostati, le ampie macchie di umido, la donna male in arnese che presidiava l'androne al posto dell'originario portiere in livrea dicevano molto di una fortuna in progressiva decomposizione. In cortile languiva la carcassa di una carrozza malinconicamente inclinata su un fianco per la mancanza di due ruote; nessuna automobile. Lungo l'ampia scalinata, piuttosto sporca, mi imbattei in una ragazzina che trascinava a fatica una pila di lenzuola da lavare, ingiallite e rattoppate in piú punti. Non ci voleva un grande acume investigativo per capire che le sostanze della casa erano ridotte al lumicino.

Suonai il campanello, ma dovetti aspettare il ritorno della ragazza delle lenzuola, che risalí svogliata le scale e non mi chiese nemmeno il nome. Entrai e aspettai in una sala enorme, che sembrava ancora piú grande perché semivuota: un divanetto di raso scolorito che una volta era stato azzurro e ora dava su un pallido celestino, una poltroncina dello stesso colore, uno specchio alla parete con la cornice di legno dorato un po' sbeccata. Il soffitto era decorato da un meraviglioso affresco antico, macchiato dall'umidità in piú punti. Mi venne da pensare che la povertà fa meno impressione dove ti aspetti di trovarla, nei bassi luridi dei vicoli o all'angolo delle strade, piuttosto che in questi palazzi che hanno conosciuto l'opulenza e poi sono caduti in disgrazia.

Sentii tossire alle mie spalle e mi voltai. Davanti ai miei occhi si presentò una donna alta e sottile, di una raffinata, dolente bellezza. Sopra il labbro superiore, lievemente sollevato, e il naso minuscolo all'insú mi scrutavano, come se fossi un animale di natura difficile da interpretare, due occhi di un colore impossibile, quasi viola. La figura flessuosa ma tornita era fasciata da un abito nero di pregio, un po' liso, a sottolineare un'eleganza indiscutibile ma forse troppo altera.

Una breve esitazione, poi la donna piegò la testa in un cenno di saluto e disse:

– Sono Bianca Palmieri, la padrona di casa. Vi dico subito che se avete un credito nei confronti di mio marito, non so proprio come potrete riscuoterlo. E nemmeno abbiamo mobili o oggetti preziosi di alcun genere, quindi dovrete…

Alzai la mano per interrompere quel discorso penoso:

– Contessa, vi prego. Non sono un creditore, no. E mi sarei fatto annunciare, ma la vostra ragazza non mi ha chiesto chi fossi. Sono Ricciardi, commissario di pubblica sicurezza.

La donna sbiancò, ma resse il mio sguardo.

– Che cosa succede? Che ha fatto, mio marito? È forse... Io... Scusatemi, devo sedermi.

L'aiutai ad accomodarsi sulla poltroncina e mi sedetti di fronte a lei. Era pallida, debole. Mi chiesi se mangiasse a sufficienza.

– No, contessa, non sono qui perché suo marito ha fatto qualcosa. Almeno, ancora non lo so. Sono qui perché mi risulta che ieri a tarda sera abbiate fatto visita a Rummolo Gaspare. Per essere precisi la visita l'ha fatta suo marito, verso le undici, e voi l'avete raggiunto poco dopo. È cosí?

La contessa mi fissava. Gli occhi viola erano fermi nei miei, privi di espressione.

– Mio marito non rientrava, mi sono preoccupata e sono uscita a cercarlo. Ho fatto il giro della città, e alla fine l'ho trovato nel primo posto dove sarei dovuta andare. Da quel cieco, quello che gli dà i numeri. Quello che ha contribuito alla rovina di questa famiglia.

– Dov'è adesso vostro marito?

– Non lo so. A racimolare soldi per giocare, immagino. Come sempre.

Il tono era sprezzante, privo di ogni forma di sentimento. Eppure, qualche minuto prima, al solo pensiero che il marito potesse aver fatto qualcosa di male, si era sentita venir meno. Chissà cosa provava, quella donna. Chissà che cosa aveva nel cuore.

Cercai di riflettere velocemente: non negava la visita al cieco e ammetteva di aver trovato là il conte e di averlo portato via con sé, quindi poteva essere artefice o complice del delitto; se invece era innocente, allora lo era pure il marito. A meno che non sperasse di essere il suo alibi.

– Quando siete andati via, come stava Rummolo?

Mi guardò, senza capire.

– Il cieco? E come dovrei saperlo? Se ne stava là, come al solito, ad annusare l'aria e a sentire i fatti degli altri. Perché?

Mi accomodai meglio sul divanetto.

– Perché, piú o meno verso mezzanotte, Rummolo è stato assassinato, contessa. Ecco perché.

Continuò a fissarmi calma, le mani in grembo, senza parlare. Poi disse:

– Dovrei mostrarmi dispiaciuta, commissario? Dovrei sembrare sorpresa, rammaricata, inorridita? Voi mi portate la prima buona notizia da molti, molti giorni, invece. Il cieco era una delle ragioni, vi ho detto, della rovina di questa casa. I suoi maledetti numeri, i sogni, l'immaginazione di quel folle di mio marito che si è giocato una fortuna, perdendo sempre. L'ironia di una sorte infame, col numero che usciva la settimana successiva a quella della giocata, con l'interpretazione che differiva di un'unità, o di due, col triduo che terminava sempre prima del dovuto.

Tacevo, in attesa. La contessa riprese, ma parlava a sé stessa piú che a me.

– Una febbre. È una febbre. Senza medicine, senza cura. Una febbre mortale che strappa ogni emozione, ogni sentimento. Una febbre che porta alla morte non solo di chi la contrae, ma anche di chiunque gli voglia bene. Mio marito gioca. Gioca a carte, ai cavalli, ai cani. Gioca al lotto, soprattutto. Gioca per riparare ai danni del gioco, e ne fa di nuovi, piú terribili, piú irreparabili. Non è piú l'uomo che ho sposato, se non lo lascio è solo perché nei suoi occhi, in fondo ai suoi occhi, vedo ancora un pallido riflesso di quello che era –. Agitò la mano attorno. – Vedete, commissario?

Non abbiamo piú nulla. Nulla di nulla. Siamo in rovina. Almeno adesso la finirà di giocare, no? Non abbiamo piú nulla.

Prima che potessi risponderle, entrò un uomo trafelato.

– Bianca, non sai che cosa è successo! È morto Gaspare 'o Cecato! Pare che l'abbiano trovato stamattina, ammazzato. Potremmo essere noi gli ultimi che l'hanno visto vivo, ti rendi conto? E ora, tutti a giocarsi i numeri del morto che...

Infine si rese conto della mia presenza e tacque, guardandomi stralunato. Era piuttosto male in arnese, scarmigliato, mal rasato e col nodo della cravatta allentato. La moglie, fredda, gli disse:

– Romualdo, posso presentarti il commissario Ricciardi, della pubblica sicurezza? È qui appunto per la morte del tuo amico. Mi sembra che sospetti di te, o di me, o di entrambi. Non lo trovi curioso?

Il conte cercò, a fatica, di riacquistare un minimo di aplomb.

– Ma... come sarebbe, sospetta? Cioè, crede che io... Commissario, è assurdo. Io non avrei mai ucciso... insomma, come osate pensare una cosa simile? Io a Gaspare volevo bene, era mio amico. Passavamo molto tempo insieme, non avrei mai potuto fargli del male.

Mentre parlava, osservavo il sottile bastone da passeggio che ancora impugnava. Mi chiedevo se potesse essere l'arma del delitto. Una febbre, aveva detto la contessa. Una febbre che porta alla dannazione.

– Signor conte, perché ieri siete passato da Gaspare? Non c'era stata l'estrazione proprio nel pomeriggio? Cosa avevate da dirvi?

– Noi ci vedevamo sempre, la sera del sabato. Lo incontravo per commentare l'estrazione, per capire come avrei dovuto predisporre la giocata successiva. Ieri ho fatto tardi, avevo pensato di... insomma, ho cercato dei soldi. Le cose sono andate per le lunghe e sono arrivato da Gaspare che era tardi; e d'altra parte lui non aveva nessuna voglia di chiacchierare. Mi ha detto che era molto stanco, che ci saremmo visti l'indomani. Lo stavo salutando. Poi mia moglie, qui, si è preoccupata ed è venuta a cercarmi, e siamo tornati a casa insieme: è tutto.

Mi girai verso la contessa. Lei annuí con un lieve cenno, senza cambiare espressione. La sua bellezza era quella di una statua di marmo.

– Sí, commissario. È andata cosí. E spero che non abbia fatto in tempo, quell'uomo orribile, ad assecondare un'ultima volta la malattia di mio marito.

Il conte azzardò una flebile protesta:

– Bianca, ti prego, ti ho detto mille volte che Gaspare non c'entra niente. Sono io che insisto, che cerco di...

Senza distogliere gli occhi da me, la contessa ribatté seccamente:

– Infatti, sei tu. Sei tu che sei diventato pazzo, che hai rovinato questa casa, il tuo nome, la mia vita. Non ci resterà, per pagare i tuoi debiti, che vendere il palazzo e andarcene a vivere in miseria, in qualche paese di campagna. Dove nessuno ci conosce, dove nessuno potrà commiserare il conte e la contessa Palmieri di Roccaspina, quelli che divorarono una fortuna inseguendo il fantasma di un terno.

Poi rise, con una improvvisa, magnifica risata che regalò per un momento l'immagine di come doveva essere stata incantevole, quando aveva ancora qualche spicciolo d'allegria; non fosse che conteneva pure una nota agghiacciante. Pensai che in quella donna l'amore era morto e non aveva lasciato nulla a rimpiazzarlo, se non un sordo, infinito risentimento. Non c'era rabbia sufficiente, non c'era violenza in quel cuore. La donna bella, la donna nuda. 21.

Mi alzai.

– Signora, conte: devo chiedervi di rinviare questi propositi di partenza fino a quando si saranno concluse le indagini sull'omicidio di Gaspare Rummolo. Potremmo avere bisogno di altre informazioni –. Salutai e mi avviai verso la porta. Prima di uscire mi fermai e chiesi: – Ancora una cosa. Quando siete andati via, c'era qualcuno con Rummolo? Avete avuto l'impressione che aspettasse visite?

Il conte e la contessa si guardarono, poi lui disse:

– No, commissario. Era in vestaglia, ma ancora vestito, non mi pareva sul punto di andare a dormire, però quando gli ho chiesto se dovevo lasciare il portone aperto mi ha detto di chiudere pure. Quindi credo che non aspettasse nessun altro.

E se vi prende questa febbre, commissa', non c'è piú niente da fare. Non potete fare a meno di comportarvi in questo modo, non c'è via di fuga.

È in ogni battito di cuore, in ogni respiro. Nelle cose, nell'aria, in tutto.

Non vi potete allontanare, la mente va sempre là. Non potete pensare di vivere un solo minuto, senza quell'ossessione.

Una febbre, commissa'. Una maledetta febbre. Una febbre che vi porta alla rovina, e voi lo sapete ma non vi potete fermare.

Per questo non potevo fare altro, lo capite?

Per questo l'ho ucciso.

La strada dal palazzo del conte alla ricevitoria serví a mettere ordine nei miei pensieri. Rivedevo il morto all'impiedi, che piangeva sangue da un occhio e ripeteva in modo ossessivo i tre numeri. E nella mia mente ogni particolare volava da solo senza combaciare con il resto, rifiutandosi di formare un quadro plausibile che mi permettesse di individuare un colpevole.

Era passata l'ora di pranzo, la domenica si avviava verso il suo epilogo. L'omicidio di Rummolo aveva già perso il carattere della notizia esplosiva e, a parte i soliti sguardi diffidenti che mi raggiungevano dalle finestre e dalle porte dei bassi, il quartiere aveva ritrovato la propria tranquillità sospesa. Intravedevo, ai tavoli fuori delle trattorie, gruppi di uomini intenti a bere vino dai fiaschi e a giocare a carte, e mi arrivavano alle orecchie brani di conversazione in cui ancora si cercava di interpretare in chiave numerica l'evento.

Le donne non erano da meno. Quando mi fermai per allacciarmi una scarpa, sentii un'anziana che da una finestra discuteva con la portinaia in cortile: non era detto che la ferita facesse 16, perché 16 era la coltellata, e siccome il coltello non si era trovato, magari era meglio giocarsi la puntura, che faceva 77; fermi restando, vociò quella di sotto, il 44 del cieco e il 62 del morto ammazzato. La vecchia, dal balcone, si disse d'accordo.

Maledissi l'ignoranza di un popolo straccione che, inseguendo il sogno di una vincita che non ci sarebbe mai stata, lasciava andare in rovina quello che aveva. E mi domandai per l'ennesima volta chi avesse avuto interesse a uccidere Rummolo, e perché. La contessa, che era bella e quindi giustificava il 21, aveva i suoi motivi per volerlo morto; ma che c'entravano il parto e il desiderio, 9 e 19? Che Gaspare si fosse infatuato della contessa? Ma lei, era evidente, lo disprezzava.

Mi dissi che ero pazzo anch'io, a pensare in termini di numeri. Magari, come avevo visto accadere decine di volte, l'ultimo pensiero di Rummolo era stato del tutto distaccato dal motivo della morte, e io mi stavo lasciando fuorviare. Di nuovo.

Bella, però, la contessa. Indubitabilmente, incontestabilmente bella. Di una bellezza un po' fredda, forse, perché dava i brividi.

E fu in un brivido che, mentre percorrevo l'ultimo vicolo che mi riportava alla ricevitoria e al cadavere sussurrante del cieco, il velo mi cadde dagli occhi e ogni cosa divenne chiara. Come il sole.

Un colpo, commissa'. Un colpo solo.
Per non sentire piú quella voce di velluto, quella voce che ti avvolgeva in una nuvola e non ti lasciava pensare.
Quella voce che ti convinceva, che ti portava nell'illusione, nella finzione, nella bugia.
Non potete immaginare quella voce, commissa'. Quella voce che incantava, come quella delle Sirene.
Un colpo solo, e finalmente si è stato zitto.
Per sempre, si è stato zitto.
Finalmente.

Maione mi venne incontro, incuriosito.
– Commissa', tutto a posto? Non vi vedevo tornare, mi sono preoccupato. Volete che mandiamo qualcuno a prelevare conte e contessa? Se non li avete trovati, può essere che hanno fiutato l'aria e se ne sono scappati…
Lo interruppi.
– No, Raffaele, no. Loro non c'entrano; ma mi hanno aperto gli occhi. Ho capito, adesso. E avrebbe dovuto essermi chiaro fin dal principio. Ma ho sbagliato febbre. Ho confuso un'ossessione con un'altra, tutto qui. Riunisci i due Caruso e l'impiegato nella ricevitoria, e prepara l'arresto del colpevole dell'omicidio. Perché ora io so chi è stato.

La folla sente le emozioni, come gli animali. Avevo solo sussurrato a Maione di avere trovato la soluzione e lui non aveva fatto che piazzare le due guardie all'ingresso del negozio, eppure era stato come girare per il quartiere con trombetta e tamburo. In pochi minuti si radunò un folto gruppo di persone, nonostante ormai scendesse la sera e l'aria si stesse facendo piú fresca; c'era uno strano silenzio, come una vibrazione. L'attesa di uno squarcio nella nebbia. L'attesa di un nome.

Quando me li ritrovai davanti, tutti e tre, li osservai a lungo. Poi parlai.

– In questa piccola stanza, lo sapete, si celebra un'ossessione. Una febbre, un movimento che cresce giorno dopo giorno e che si spegne il sabato, di solito in una cocente delusione. È una speranza, in realtà, niente di piú che la speranza di una vita diversa, di un futuro che invece non sarà altro che il presente, perpetuato in una sequenza infinita di disillusioni. Questa è una specie di chiesa. Qui si adora un dio pagano che promette la felicità in terra. E i sacerdoti di questo dio siete voi, che dietro la lastra di vetro prendete le offerte e regalate una nuova settimana di speranza. Era questo che mi aveva fatto sbagliare. Questa tempesta di emozioni, questa febbre che porta tanta gente qui fuori, anche dopo una disgrazia cosí. Non avevo capito che ad ammazzare il povero Rummolo, Gaspare 'o Cecato, l'assistito, quello che parlava coi morti, che interpretava i sogni, era stata l'altra febbre. Quella che prima o poi colpisce tutti, senza distinzione. Siamo nel posto dei numeri. E allora questa volta li dò io, i numeri. Uno: Rummolo aspettava qualcuno, ieri notte, anche se era tardi, anche se ormai tutti dormivano; lo prova il fatto che fosse ancora vestito. La venuta del conte Palmieri lo ha preoccupato, tanto che gli ha detto di essere stanco e lo ha allontanato, anche grazie all'arrivo della moglie di lui. Due: ha detto al conte di chiudere il portone, e ciò significa che la persona attesa era in possesso della chiave. Quindi poteva essere solo uno di voi. Tre: uno di voi, stamattina, ha fatto riferimento alla bellezza che non si percepisce con gli occhi, ma col cuore. E Rummolo, col cuore, aveva saputo percepire una bellezza che con gli occhi non sarebbe stata visibile.

Mi fermai, e feci scivolare lo sguardo sui presenti fino a posarlo su chi aveva ucciso, e portava ancora su di sé l'arma del delitto. Maione, un passo dietro di me, trasse un sospiro: al solito, aveva capito un attimo prima degli altri.

– Signora Maria, fatemi un piacere. Scioglietevi i capelli. Mostratemi quanto sono lunghi.

I lineamenti della donna erano resi ancora piú orribili dalla luce tremolante delle due lampade a olio. Sembrava l'illustrazione di un libro per bambini, di quelli che raccontano di streghe cattive. Ma non era una strega cattiva, Maria Caruso. Era solo una donna delusa.

Fece un passo avanti, come una scolara chiamata fuori della fila, e fissandomi senza espressione si tolse lo spillone che le sosteneva l'alta acconciatura. Una cascata disordinata di capelli ingrigiti le scese fino alle gambe, riducendone la già limitata statura. Sorprendentemente, i capelli sciolti la resero smarrita e insicura. Ora assomigliava a una bambina sperduta.

Cercai di vederla al di là di com'era, come doveva percepirla il cuore di Rummolo; e rividi l'immagine di lui, in piedi con la lacrima di sangue che gli scorreva sul viso, i numeri sussurrati dalla bocca morta. 21, la bellezza di una donna che era bella solo per lui; 19, il desiderio immenso di lei; 9, il distacco al quale era costretto.

Mi porse, con una mano sottile e tremante, lo spillone. Vidi che la punta dell'oggetto di metallo era piena di graffi, come se fosse stata a lungo strofinata.

La donna parlò, con la sua voce profonda e musicale, cosí incoerente con l'aspetto.

– L'amore, commissa'. Parlate dell'amore. L'amore è questa febbre, l'amore è questa ossessione. Lui, lui mi amava perché mi vedeva come nessun altro mi ha mai visto, pure se non ci vedeva. Io lo sentivo, che mi amava. E adesso non voleva piú che ci incontrassimo, aveva paura che mio fratello se ne accorgesse e lo mandasse via. Aveva una paura enorme, e mi ha chiesto di non andare piú da lui. Allora sono stata io che non ci ho visto piú. Ho preso la prima cosa che avevo a portata di mano e ho colpito. Una volta sola, ho colpito.

Quando le guardie ebbero portato via l'assassina e il cadavere di Rummolo fu rimosso, la domenica stava lasciando definitivamente il posto alla nuova settimana.

La strada era di nuovo deserta, la folla si era dispersa in silenzio come si era radunata. Maione e io ci ritrovammo da soli nell'aria fresca della notte. Il brigadiere sospirò:

– E chi l'avrebbe detto, commissa'; una donna cosí brutta che ammazza per amore. E d'altra parte solo un cecato poteva metterle una mano addosso, a una cosí.

La mia mente andò a un chilometro da lí, e a come sentivo stringersi qualcosa in petto quando vedevo, al di là della finestra, la sagoma di una ragazza intenta a ricamare.

– Ha ragione lei: la bellezza è nel cuore, non negli occhi.

Maione rivolse gli occhi alla sua pancia.

– Scusate, commissa', ve la posso fare una domanda? Ma pure a voi vi pare cosí brutto, questo panciotto?

Non me la sentii di infierire.

– Non lo so, Raffaele, io di queste cose non me ne intendo. Se lo dice il dottore, che segue le mode, magari è cosí.

Stette zitto per un po', poi mormorò:

– Io l'ho sempre schifato, a mio cognato. Vabbe', va': buonanotte, commissa'. Ci vediamo tra qualche ora in questura. Cosí cominciamo un'altra settimana in grazia di Dio.

E mi devo ricordare pure di passare per il banco lotto a giocarmi il terno del cecato morto.

Con un mezzo saluto militare, si allontanò nella notte.

Da qualche parte, nei vicoli dei Quartieri Spagnoli, un gallo cantò.

Patrocinio gratuito

di Diego De Silva

Nota dell'editore.

Per le canzoni citate nel racconto:

Parole parole, testo di M. Chiosso e G. Del Re, musica di G. Ferrio. © 1972 by Edizioni Curci Srl - Music Union Srl - Milano.

Non gioco piú, testo di R. Lerici, musica di G. Ferrio. © 1974 by Edizioni Curci Srl - Music Union Srl - Milano.

Una controindicazione tipica del mio, diciamo, lavoro, è che gli amici (ma soprattutto gli amici degli amici) si sentono autorizzati a pensare che a un avvocato non proprio di grido si possa liberamente sbolognare qualsiasi tipo di rogna che abbia una vaga attinenza con l'ambito giuridico. Un po' come se uno andasse dal medico di base a raccontargli che non sente piú la fidanzata vicina come un tempo.

Secondo questa fascia di utenti rigorosamente non pagante, l'avvocato non impegnatissimo sarebbe un professionista di consolidata versatilità, capace di spaziare (con disinvoltura, massima disponibilità e scarso scopo di lucro) dalla consulenza coniugale squisitamente psicologica al recupero crediti non superiori ai mille euro; dal temuto pericolo di dispersione scolastica di un figlio semplicemente cretino alla sottrazione reiterata di una rivista in abbonamento dalla buca delle lettere (una volta un amico di un amico – ma proprio d'infanzia, mi aveva detto – mi ha chiesto se lo accompagnavo di notte a piazzare una telecamera nell'androne del condominio per cogliere il ladro in flagranza, sull'identità del quale, peraltro, aveva già dei sospetti); dal tentativo di phishing allo smarrimento di gatto; dagli attacchi pomeridiani d'infelicità (per cui non si capisce davvero cosa potrebbe fare per aiutarli) alla raccomandata a/r con richiesta di risarcimento alla tintoria per incauto lavaggio di piumone.

Per tutte le altre questioni un po' meno sfaccettate (che so, una bancarotta fraudolenta, un 416bis o un omicidio plurimo aggravato) si va dagli avvocati meno versatili, ovvio.

Capita cosí che ti arrivi in studio l'amica (carissima, manco a dirlo) di un'amica, che esordisce dicendo: «Sono venuta perché ho bisogno di confrontarmi», e si lancia in una dettagliata analisi della sua disgraziata vita matrimoniale (incredibile il bisogno di protagonismo che liberano i matrimoni), senza poi darti mandato per la separazione alla fine del supplizio, come sarebbe lecito attendersi dopo un pomeriggio di paziente ascolto dei sette volumi della sua Recherche (di cui non te ne fregava niente, fra l'altro); oppure che uno sfessato vestito di tutto punto (anche lui molto amico di un tuo amico veramente carissimo), di quelli che come li vedi capisci che campano indebitandosi (il tuo carissimo amico, infatti, ti ha anche informato che sí, l'amico che ti ha mandato è proprio un cialtrone, però simpaticissimo, proprio da morir dal ridere, ah ah, ma soprattutto è *veramente* un amico), ti consegni l'ultimo decreto ingiuntivo ricevuto aspettandosi che tu ti faccia tramite di una richiesta di sconto presso il creditore al posto suo (a me – giuro – è successo, e mica una volta, che un cosiddetto collega mai sentito prima mi chiamasse per chiedermi *se per favore* fossi stato disposto a ritoccare un po' la cifra).

Va da sé che la tua prestazione (gratuita) si esaurirebbe a sconto (o piú o meno esplicito vaffanculo) rimediato, anche qui senza conferimento di alcun incarico propriamente giuridico su cui dovresti realizzare il tuo guadagno.

Questa roba qui, ecco.

Poi ci sono anche i giustizialisti a oltranza, che vogliono fare causa per principio (l'amico che te li manda ti avverte, sono tipi che non guardano in faccia a nessuno: «Ah, – dici tu, – bene»); infatti ti intimano di procedere prima ancora di dirti cos'è successo, tanto credono nella giustizia. Solo che pretendono di rimandare il pagamento dell'onorario alla vittoria della causa (grazie tante), e soprattutto, dieci volte su dieci il procedimento che vorrebbero cosí fortemente instaurare non ha non dico uno straccio, ma neanche una mappina di fondamento.

Il peggio è che sono molto duri da convincere circa l'insussistenza dei presupposti della causa che vorrebbero avviare senza pagarti, perché siccome si sentono anche un po' giuristi (infatti si portano dietro il codice civile, come a farti capire che devi stare attento a quello che dici: grazie ancora), non si attengono alle risposte che gli dài (sempre gratis), e cosí obiettano, polemizzano, dibattono, ti chiedono se lo sai o non lo sai che l'articolo x dice cosí e cosí (ne azzeccassero uno, una volta).

Di questi qua mi sbarazzo chiedendogli un acconto. Mi guardano scandalizzati – ma proprio come a dire: «Questa da te non me la sarei mai aspettata» – e guadagnano subito la porta, col passo stizzito di chi quasi quasi vorrebbe che tu gli andassi dietro dicendo Ma perché fai cosí.

Il giorno dopo, l'amico che me li ha mandati mi telefona dichiarandosi allibito per la figuraccia che gli ho fatto fare. Ho perso un bel po' di amici in questo modo.

Siccome però non è possibile perderli tutti (incredibile quanti sono), ogni tanto ne salta fuori uno con la sua bella richiesta paragiuridica da cui tenterai di esimerti arrampicandoti su ogni specchio reperibile solo per concludere che prenderti in carico la rogna del tuo carissimo amico è l'unico modo per levartelo dai coglioni.

Questa roba qui, ecco.

E insomma, *alle otto e mezzo di mattina* mi telefona questa tipa che fra l'altro non ricordavo neanche come si chiamasse, amica proprio carissima di una coppia di amici taaaanto affettuosi che una sera dopo una cena da loro mi aveva chiesto di accompagnarla a casa e poi s'era scusata di non invitarmi a salire per il bicchiere della staffa e non perché non le piacessi (ci aveva tenuto a precisarlo), anzi, ma perché era di quelle a cui serviva un po' di tempo prima di «avviare certi discorsi con un uomo» (cit.) – e tutto senza che io avessi aperto bocca o mostrato il minimo interesse nei suoi confronti – e magari, aveva aggiunto, avremmo potuto riparlarne, della faccenda del bicchiere della staffa, dopo un altro paio di volte in cui ci fossimo rivisti, anzi, ne avremmo riparlato senz'altro, bastava solo che glielo chiedessi, o chissà, se glielo richiedevo subito capace pure che mi diceva di sí.

Roba che come ha fatto per aprire lo sportello sono scappato via sgommando.

Che poi una volta bisognerebbe dirglielo, a questi altri carissimi amici che t'invitano a cena per farti conoscere le psicopatiche, ragazzi, tanto per cominciare chi ve l'ha subappaltato, questo bell'incarico; due, ma vi pare che se le vostre candidate fossero gli affaroni che poi ci rimproverate di aver perso quando battiamo in ritirata, assumerebbero voi due per trovarsi un fidanzato? No, dico, abbiate pazienza.

Invece, i carissimi amici che non vedono l'ora di risolverti la vita sentimentale non solo non si pongono questo tipo d'interrogativi, ma addirittura se la prendono, se poi non ti fidanzi con una delle erranti delle loro cene a sorpresa. Ti telefonano e ti dicono Ma come, avevamo fatto tutto questo per te. Manco tu gli avessi chiesto Scusa, mi combini una cena da te, cosí mi fidanzo? E si offendono. Come quegli altri che ti mandano i giustizialisti a cui chiedi l'acconto.

Perché poi c'è anche da dire che le erranti delle cene a casa dei carissimi amici non sono interessate a rapporti disimpegnati o almeno da verificare sotto il profilo impegnativo, e no, vogliono il fidanzamento rapido, infatti ti regalano subito la tessera del cineforum (accettando la quale ti dichiari ufficialmente fidanzato), non vedono l'ora di uscire a comprarti i calzini e soprattutto di andare a convivere, in modo da poter invitare a loro volta a cena i carissimi amici che vi hanno fatto conoscere e fargli vedere come vi sfiorate la mano a tavola scambiandovi l'occhiatina stile «Aspetta che restiamo soli e ti porto di là cosí vedi che bei salti», al che quelli ridacchiano compiaciuti e quando tornano a casa vanno a dormire soddisfatti della missione compiuta.

– Ho un problema, Vincenzo, – mi fa l'errante ansimando come in una telefonata porno. Sembra preoccupata, però.

– Chi parla.

– Ho bisogno di aiuto. Davvero.

Mi scompiglio i capelli.

– Ehm... scusa, non ho capito chi sei.

– Come chi sono.

La voce diventa subito piú dura. S'è già offesa, la pazza.

– Senti, – sospiro, ma non troppo, per non risultare villano, – diamoci pure del tu, ma io quando telefono a qualcuno in genere saluto e poi mi annuncio, lo so che è una pratica un po' datata ma piú o meno si fa ancora cosí.

L'errante va in pausa, ripetendosi daccapo la mia battuta, immagino.

– Ma perché, non ti ho chiamato sul cellulare?

Mi tolgo il cordless dall'orecchio e gli butto un'occhiata di verifica. Sono in mutande, a proposito, e ho appena messo la moka sul fornello.

– E no, eh.

E intanto che lo dico penso pure che non ce l'avevo mica in memoria, il suo numero, dal momento che m'ero guardato bene dal chiederglielo.

– Oh, mamma mia, scusami, non capisco piú niente, ecco, lo vedi come sono agitata, te l'avevo detto, e dire che avevo chiamato Sara e Mirko per farmi dare i tuoi numeri.

Sara e Mirko sarebbero i carissimi amici che mi hanno fatto questo bel regalo. Devo assolutamente ricordare di ringraziarli.

– Cosí, – prosegue (ormai già sul confidenziale), – me li sono scritti su un memo, sai quelli gialli con la striscetta adesiva? Sono veramente comodissimi, e l'ho appeso sulla porta del frigorifero. Ero convinta di averti chiamato sul cellulare e invece ho fatto il numero di casa.

Il bello è che annuisco, durante il minuzioso resoconto.

– Aaah, come no, – fingo d'aver ricostruito soltanto adesso il nostro incontro mentre mi lancio a spegnere la fiamma sotto la moka un attimo prima che il caffè debordi (in questi momenti, lo giuro, quando la macchinetta sbuffa mi sembra infastidita dal mio tempismo, come non gradisse che le abbia impedito di sputacchiare il caffè tutt'intorno, facendomi tirare i cancheri che ogni volta le tiro), – scusa, non ti avevo riconosciuto...

– ... Clelia.

– Esatto.

– Vabbe', lascia stare, – ribatte lei piccata.

Aalt, penso. Fermiamo i motori.

– Lascia stare cosa? – puntualizzo serissimo, mentre in testa mi balena la seguente tripletta: 1) dove me l'azzecchi, questa sufficienza polemica; 2) cosa me ne fotte di ricordarmi come ti chiami; 3) «Lascia stare» è la frase che mi fa piú girare i coglioni in assoluto.

– Avanti, Vincenzo, non ti sei fatto piú sentire e adesso viene fuori che non ti ricordi nemmeno come mi chiamo. Non è carino, dovresti riconoscerlo.

Eccoli qui, gli psicopatici. Dànno per scontati i presupposti. Avere a che fare con loro è come trovarsi dalla parte sbagliata di una candid camera. «Non ti sei fatto piú sentire» è rimprovero che presuppone come minimo una serata romantica senza prosecuzione o un fuggevole bacino sulla bocca. Insomma, non puoi rimarcare la latitanza di uno che è partito a razzo appena hai fatto per scendere dalla macchina.

– Oh, lo sai che ci sta? – rispondo cercando di rimanere abbastanza calmo. – Che questa telefonata è durata già troppo. Buona giorn...

Al che succede quello che tutto sommato avrei dovuto prevedere: l'errante comincia a tirare su col naso, annunciando le lacrime in arrivo.

– Io... scusami, non dovevo, sono indiscreta, lo so... è che sono cosí spaventata, non sapevo a chi rivolgermi e... *u-uuh*...

– Dài, non fare cosí, – capitolo, – non è il caso.

– *Waaah*...

– Su, adesso calmati, ti ascolto, dimmi cos'è successo.

– *Iiih*...

– Per favore, smettila. Ti prego.

Macché. Frigna che non vuol saperne. Pare un pezzo di Brian Eno cantato (si fa per dire) da Yoko Ono. E il peggio è che adesso mi toccherà aspettare che finisca.

Regola base della consolazione: se incappi nel piagnisteo telefonico, non solo devi sciroppartelo intero (compresi i titoli di coda, che sono anche peggio del concerto dodecafonico che li precede), ma anche fare puccipucci ogni tanto.

La cosa incredibile è che questa letale rottura di coglioni non m'era mai capitata con un'estranea. Almeno ne approfitto per versarmi il caffè, cercando di non far rumore per non apparire insensibile.

– È passata? – domando quando finalmente la pianta.

Nel frattempo ho acceso la Tv, azzerato il volume e letto un paio di volte i sottotitoli di Rai News. Mi abbandono quindi a uno zapping svogliato fra la pluralità di canali inutili che si contendono il digitale terrestre.

– Sí, gra-zie, Vincenzo. Mi-mi vergogno tanto, chissà cosa starai pensando di me.

Fa' un piccolo sforzo, penso.

– Ma figurati, – dico, mentre incrocio Courtney Cox che balla con il Boss nel famoso video di *Dancing in the Dark*, – non preoccuparti, piuttosto dimmi cos'è successo, vuoi?

Dio, com'era giovane (lei, non Springsteen).

– È che io... ci te-tenevo tanto a darti una buona impressione di me, ri-rivederti, uscire, ma ora mi è successa questa cosa, e... *iih*...

– Oh, mio Dio, non ricominciare a piangere, te lo chiedo per favore, Velia.

– Clelia.

– Sí, insomma, dài, cerca di stare calma e raccontami, d'accordo?

– C'è... uh... c'è uno che... credo di essere perseguitata.

– In che senso, scusa?

– Ricevo delle telefonate.

Anch'io, penso. La tua.

– Ricevi delle telefonate, – ripeto.

– Sí.

– Delle telefonate, – insisto.

– Sí.

– In cui ti dicono?

Cristo, mi prude dappertutto. Devo anche levarle le parole di bocca con la tenaglia, a questa qua?

– È complicato da spiegare al telefono.

Pure.

– Senti, cosí a orecchio direi che dovresti chiamare la polizia.

– Non credo che mi darebbero retta.

Sapessi come li capisco.

– E perché no?

– Te l'ho detto, è complicato. Non sono neanche del tutto sicura che ci siano i presupposti di un vero e proprio stalking.

Eccola qui, un'altra avvocatessa mancata.

– Ti intendi di presupposti di stalking, Amelia?

– Clelia.

– Ti intendi di presupposti di stalking, Clelia?

– No. Era solo per dirti che non capisco che cosa vuole questo qui da me, ed è proprio questo che mi spaventa.

– Va bene, – sospiro, – vieni allo studio nel pomeriggio cosí ne parliamo.

E perché adesso non risponde?

– Pronto, – dico.

– Non ce la faccio a uscire di casa, ho paura. Ti prego, passa tu da me.

Mi lascio cadere la mano con tutto il cordless dietro.

Chissà perché, mi volto verso la moka.

Sarei disposto a dichiarare anche sotto giuramento che ha preso una faccia schifosamente soddisfatta, quella stronza.

Per raggiungere l'indirizzo dell'errante impiego quindici minuti netti, ma per parcheggiare ce ne vogliono altri venticinque. Una volta salito, mi chiede come mai ci ho messo tanto. Vorrei dirle che al quarto giro del palazzo il titolare della pompa funebre qua sotto stava quasi per cominciare a salutarmi, ma non ci riesco perché mi ha già voltato le spalle e s'è riaddentrata in casa, con la naturalezza familiare che potrebbe riservare a un vicino avvezzo da anni a circolare liberamente per le sue stanze.

Chiudo la porta e la seguo, domandandomi cosa ci faccio qui, e com'è possibile che mi succedano ancora cose del genere.

– Faccio come se fossi a casa mia, non stare a formalizzarti, – quasi le urlo dietro illudendomi ancora che apprezzi il mio sense of humour; ma lei continua a darmi per scontato e scompare dietro l'angolo di un lungo corridoio (sembra enorme, questa casa: l'avrà ereditata, visto che sono le dieci di mattina e circola in tuta da ginnastica).

La raggiungo in un soggiorno grande quasi come il mio attuale appartamento, arredato in giapponese discount e immerso in una fragranza di olî essenziali tipo bergamotto che trovo stucchevole da parecchi punti di vista. L'insieme (noto adesso) sa un po' di scena da film hard, con l'errante accasciata sul divano nel ruolo dell'adescatrice di condomini. Per un momento temo che sia quello il vero scopo della richiesta d'intervento domiciliare.

– Grazie, ho già preso il caffè, – dico, mentre mi guardo intorno cercando un posto a sedere, visto che la mia ospite non me ne indica nessuno.

– Scusami, hai ragione, – si giustifica, ma proprio perché le tocca, – non ti ho neanche offerto niente, pensa come sono sottosopra. E dire che ho una natura ospitale.

Il bello è che non si è nemmeno alzata dal divano.

– È quello che ho pensato appena mi hai aperto, infatti.

Ehi, c'è addirittura un camino, qui. Le travi a vista. Un impianto Bang & Olufsen. Forse dovrei rivalutare l'iniziativa di Sara e Mirko.

– Grazie di essere venuto. Ho preso un tranquillante. Se vuoi abbasso un po' il condizionatore. La conosci *Parole parole* di Mina?

No, dico, avete sentito? Ma come si fa a mettere in fila quattro, dico *quattro* concetti che non c'entrano un infinitesimale cazzo l'uno con l'altro? Che questa qui fosse fuori come un balcone l'avevo piú o meno capito, ma non la facevo tanto acrobatica. Cosí imparo a sottovalutare il prossimo.

– Sí, *Parole parole* la conosco, – rispondo accompagnandomi con un lungo sospiro dopo un silenzio che dilungo per un paio di minuti lordi.

– Era una specie di dialogo per canzone, – aggiunge l'errante, – e la voce maschile era quell'attore dei telefilm con i basettoni, si chiamava...

– Alberto Lupo, – sentenzio; e faccio scattare in avanti l'avambraccio sinistro sí da accorciare la manica della giacca per buttare un'occhiata concessiva alle lancette del mio Omega Speedmaster pezzotto e poi aggiungere, tranchant: – Senti, ho una causa in corte d'assise fra meno di un'ora. Continuiamo a parlare di musica leggera o mi dici perché mi hai fatto venire fin qui?

Corte d'assise, ho un po' esagerato.

– Hai una causa fra meno di un'ora?

– E già, – rispondo chiedendomi che cazzo ha da guardare.

– E vai in udienza senza borsa?

– Prego?

– Hai le mani libere. Dove tieni le carte, scusa?

Fanculo, penso.

– Magari le avrò lasciate in macchina.

– E già, – fa lei, neanche un po' convinta.

A questo punto starei proprio per invitarla ad andare clinicamente a farsi fottere, chiudere qui questa demenziale pièce, ma vengo preceduto dallo squillo del telefono, che irrompe nella scena con la drammaticità di un allarme antincendio. L'errante tira su le gambe, si porta le ginocchia al petto e striscia nell'angolo del divano, prendendo le distanze dal cordless, con lo stesso ribrezzo che proverebbe se una pantegana fosse appena saltata sul cuscino accanto a lei.

– Che ti prende? – chiedo.

Il telefono squilla di nuovo.

– È... è lui, è la quarta volta da stamattina. Mette quella canzone e poi resta lí a respirare. Ti prego, rispondi tu.

– Io?

– E CERTO! – mi urla contro spiritata, facendomi saltare sulla sedia. – Che cazzo sei venuto a fare, se no? Non lo vedi che ho bisogno di aiuto? C'è un maniaco che mi perseguita, quante volte te lo devo ripetere? Prendi quel cazzo di telefono e senti con le tue orecchie se non mi credi, cristo!

Rimango basito, la bocca semiaperta. Per un momento la stanza diventa romboidale, poi si risistema. Il bello è che sulle prime sono tentato di entrare nel merito dell'allucinante invettiva dell'errante, per il puro gusto di dimostrarle quanto sia gravemente malata. Un'altra parte di me (la piú sana) vorrebbe afferrare il cordless e tirarglielo dritto in faccia.

Quarto squillo.

L'errante si rannicchia in posizione iperfetale, annodandosi alle gambe con le braccia, e prende ad ansimare come una bronchitica cronica. Quanto mi piacerebbe mollargliene uno, non potete neanche immaginarvelo.

– Al diavolo, – sbotto, dirigendomi al divano e afferrando furioso il telefono. – Ma tu vedi un poco la madonna stamattina.

Schiaccio il tasto di ricezione, porto il telefono all'orecchio e non dico niente.

Dapprima è silenzio. Poi parte un'introduzione d'archi, che lí per lí mi lascia un po' perplesso, nonostante le note soffino forte sulla cenere della memoria (questa me l'ero preparata). Ed ecco la voce suadente di Alberto Lupo che ravviva la fiamma, fugando ogni dubbio sul nascere.

– *Cara, cosa mi succede stasera? Ti guardo, ed è come la prima volta.*

Sposto gli occhi sull'errante, prendendola per la prima volta sul serio, e annuisco, vidimando la tesi della probabile molestia attuata mediante canzonetta (lei infatti mi guarda rincuorata), e resto in ascolto.

Entra Mina.

Gesú, da quanto non lo sentivo, questo pezzo.

– *Che cosa sei, che cosa sei, che cosa sei...*

Comincio a disegnare mezzelune nell'aria con la testa, lasciandomi cullare dall'impeccabile modulazione della Tigre di Cremona. L'errante mi guarda disgustata.

– *Non cambi mai, non cambi mai, non cambi mai...*

Sono cosí ammaliato dall'andamento del pezzo che non mi accorgo di aver cantato quasi tutta la strofa insieme a Mina.

L'errante mi tira un calcio negli stinchi.

– Ma sei stronza? – quasi urlo.

La riproduzione del brano viene interrotta di colpo.

Dall'altro capo del telefono piomba un silenzio che sa tanto di esitazione, come se il dee-jay si fosse domandato cosa ci faccia un uomo in casa della sua ascoltatrice preferita.

Lascio passare qualche secondo, dopodiché dico: – Ehi, per caso di Mina hai anche *Non gioco piú*?

L'errante allarga le braccia sconsolata. Inaspettatamente, però, le viene da ridere.

Il poveraccio dall'altra parte lascia andare un sospiro frustrato, poi mi chiude il telefono in faccia. Giurerei che s'è offeso.

– Tu sei tutto scemo, te l'hanno mai detto? – mi dice Ofelia, raggiunta da una vampa di buonumore imprevisto; quindi perde ogni contegno drammaturgico e scoppia in una risata convulsa che quasi la trascina alle lacrime.

– Uah, ah, ah! Com'è che gli hai detto? «Hai anche *Non gioco piú*»? Ma che deficiente che sei, ah ah ah!

– La conosci? – mi entusiasmo. – *Non gioco piú | me ne vado | non gioco piú | davvero*, – canticchio, schioccando le dita a tempo di swing e ballicchiando sul posto.

Bellissima, quest'altra. Una canzone jazz (quasi un ossimoro) del 1974, suonata dall'orchestra di Gianni Ferrio (coautore del pezzo insieme a Roberto Lerici) e valorizzata dall'armonica del grande Toots Thielemans, che corteggiava la voce di Mina sulla coda di ogni strofa.

Che poi all'epoca manco lo conoscevamo, Toots Thielemans: era l'armonicista alle spalle di Mina nella sigla finale di *Milleluci*, punto; e per quanto ne sapevamo poteva anche chiamarsi Michele Carraturo o Tonino Zurlo. È stato dopo – ma parecchio dopo, quando il jazz ha cominciato a portarsi – che ci hanno spiegato che Toots Thielemans era un musicista importante, che aveva suonato con Benny Goodman, Charlie Parker, Miles Davis, Ella Fitzgerald eccetera, e cosí ancora oggi, quando si chiacchiera di musica e viene fuori *Non gioco piú*, c'è sempre quello che ferma tutti con la solennità della rivelazione e dice: «Oh, ma lo sapete chi è che suona l'armonica in quel pezzo? Toots Thielemans, ecco chi» (dopodiché resta ad annuire a tempo indeterminato).

E poco conta che manco sappiamo chi è, Toots Thielemans, dal momento che non abbiamo mai sentito un disco, di Toots Thielemans. Neanche allora lo sapevamo, chi stracazzo fosse Toots Thielemans (magari non lo sapeva neanche Mina: niente di piú facile che gliel'hanno presentato in sala di registrazione il giorno che hanno inciso il disco; lui le avrà detto: «Piacere, Toots Thielemans», e lei: «Piacere, Mina», e la faccenda si sarà chiusa lí), ma se all'epoca ci avessero detto che Toots Thielemans era un jazzista di fama internazionale, avremmo risposto: «Ah», come a dire: «Ci fa piacere, ma anche chi se ne frega, tutto sommato», e avremmo archiviato cosí la questione Toots Thielemans, mica saremmo stati a leccargli il culo in sua assenza per menarcela fra noialtri dando a intendere di essere dei riservati cultori di jazz.

E comunque, a parte Toots Thielemans (che, per la cronaca, è il piú grande armonicista jazz del mondo, nonché un ottimo prof di Matematica), su due piedi mi ricordo pure che Mina cantava questo pezzo seduta su uno sgabello da bar, fumando una sigaretta col bocchino e soffiando sensuali nuvolette nell'aria fra una strofa e l'altra. Roba che oggi, se pure a una cantante di quel livello fosse permesso tabagizzarsi a scopo coreografico durante un passaggio televisivo, come minimo dovrebbe passare in sovraimpressione un sottotitolo tipo: «Fumare nuoce gravemente alla salute»; oppure (variazione sul tema): «Non è che se cantate vi fa male di meno» (che almeno farebbe ridere); oppure, molto piú probabilmente: «La direzione del programma non si assume alcuna responsabilità circa il contenuto del brano in corso d'esecuzione» (e il giorno dopo romperebbero i coglioni tale e quale).

– *La vita è un letto sfatto | io predo quel che trovo*... – canta l'errante (però, che memoria: non me la ricordavo, questa strofa) alzandosi dal divano e cominciando ad ancheggiare al suono virtuale del pezzo, – *e lascio quel che prendo dietro me*...

Oh-oh, penso.

A un tratto mi guarda con le palpebre a mezz'asta; ancheggiando, tende un braccio in avanti, ci incrocia sopra l'altro e proseguendo nel suo numero da Rita Hayworth for dummies mi fa cadere una mano su una spalla e una sull'altra, distanziando i gesti per poi sorridermi sorniona, come non potessi restare indifferente all'erotismo insito in quella magistrale doppietta; quindi, sempre sculettando al tempo di *Non gioco piú* (che adesso muggisce invece di cantare), comincia a strofinarsi addosso.

Indovina indovinello come va a finire.

Sono steso sul fianco destro a guardare la tapparella in stato di semiallibizione quando sento le dita dell'errante che mi s'infilano con sensualità fra i capelli, neanche lei avesse ventidue anni e io abbastanza capelli.

– C'è una cosa che non ti ho detto, – fa.

E visto che non le chiedo quale, resta in silenzio per qualche secondo mentre continua a ispezionarmi il cuoio capelluto con svogliatezza erotica.

– So chi è, – taglia corto quando tira via la mano dopo un po', presumibilmente offesa dal disinteresse che le mostro (in realtà non sono indifferente: sto solo cercando di capire come ho fatto ad arrivare fin qui).

Volto la testa di lato e dico: – Non ho capito, scusa.

– Oh, ma ciao. Mi degni della tua attenzione.

Cambio fianco e mi giro dalla sua parte.

Se ne sta puntigliosamente a distanza, in mutande (non capirò mai come fanno le donne a rimettersele subito dopo senza che ce ne accorgiamo), la sua parte di lenzuolo appallottolata ai piedi, felice di concedersi il topless casalingo da doposesso (diventiamo tutti un po' nudisti, a copula conclusa).

– Cos'hai da guardare? – domanda, dal momento che non ho ancora detto una parola.

– Sei proprio bella.

– E questo che cazzo vorrebbe dire?

– In che senso.

– Lo dici come se la cosa ti meravigliasse.

– Infatti.

Ci pensa su un attimo.

– Vaffanculo.

Le striscio accanto, cerco di carezzarle il viso. Si ritrae, finge di sferrarmi una ginocchiata nelle palle che non vuol mandare a segno, è incazzata ma le viene da ridere (è spiritosa, in fondo: infatti comincia a piacermi).

Mi avvicino di piú.

– E dài, ti stavo facendo un complimento.

– Un complimento! In pratica mi hai appena detto: «Strano che tu sia bella». Ti sembra galante, a te?

Le affondo la faccia nei capelli per soffocare la risata che comunque non riesco a reprimere.

– Stronzo.

La stringo.

Non ricambia.

– Cosa pensi di me, ah? Che sono una disturbata? Che ti ho talmente messo in croce da non farti neanche accorgere che sono bella?

Non avrei saputo dirlo meglio, penso.

– Uffa, sei anche permalosa.

Si libera dall'abbraccio.

– Come sarebbe, *anche*?

Ma quando imparerò a tenere la bocca chiusa.

Scatta in ginocchio, mettendosi in posizione da canguro da combattimento. Facciamo la battaglia coi cuscini?, penso.

– Se è questa la considerazione che hai di me puoi andartene anche subito. Aaa proposito, – s'illumina tutt'a un tratto di luce sadica, – ma non avevi una causa in corte d'assise, tu?

Merda, mi dico.

– Okay, non era corte d'assise, ma giudice di pace.

Mi guarda confusa, come le servisse qualche secondo per elaborare il concetto (trattiene pure il respiro, infatti), quindi spernacchia una risata molto simile a uno starnuto.

– Ma che cretino che sei.

– C'è poco da sfottere, avrei potuto rischiare una procedura per abbandono della difesa, se fosse stato vero.

– E vaffanculo, piantala di fare l'imbecille, adesso. Hai sentito cos'ho detto?

– A proposito del dee-jay?

– A proposito del... ma riesci a essere serio per un attimo?

Si alza, apre l'armadio e poi un cassetto, tira fuori una maglietta dei Ramones e se l'infila.

– Sí, ho capito. Pensi di sapere chi è quello che ti mette la canzone al telefono.

– Non «penso», lo so. È uno che abita qui, al quarto piano.

D'istinto alzo lo sguardo verso il soffitto.

– E te ne ricordi adesso, di dirmelo?

– Perché, se te lo dicevo prima che differenza faceva?

Mi metto a sedere, come se l'apparente logica della risposta meritasse una posizione piú eretta. Poi mi lavo la faccia con le mani asciutte.

– Come fai a esserne sicura?

Accende una sigaretta, si risiede sul letto a gambe incrociate e comincia a pizzicottarsi le dita dei piedi con la mano libera.

– Perché quando lo incrocio nel portone mi canticchia quel pezzo.

– Quando lo incroci nel portone.

– Hm-hm.

– Quante volte?

– Che ne so, quando lo incontro. Mica le ho contate.

– Piú di due? Meno di ventidue? Voglio solo capire se lo fa sistematicamente.

Si gratta la fronte, come le prudesse la memoria.

– Due o tre da quando ricevo le telefonate. Una volta nel palazzo (mi ha tenuto il portone aperto mentre uscivo e me l'ha cantata proprio qui, all'orecchio), un'altra al supermercato (eravamo in fila alle casse), e un'altra adesso non mi ricordo.

Mi ritiro qualche secondo per elaborare.

– Quindi è un condomino, – ripeto.

– Tu come lo chiami uno che abita nel tuo palazzo?

– E piantala, sto raccogliendo le idee. Sei sicura che canti proprio quella canzone lí?

– *Che cosa sei, che cosa sei, che cosa sei*, – intona, tanto perché non ci siano dubbi in merito.

Le rubo la sigaretta.

– E nel mentre, cosa fa?

– Nel mentre?

– Ti guarda? Sorride? Si avvicina? È molesto?

Ci pensa.

– Se devo essere sincera, no. Anzi, ho l'impressione che si nasconda.

– Uhm.

– Lo so che suona strano a dirlo, ma mi sembra… timido.

Mi liscio la barba contropelo, prima a sinistra e poi a destra.

– Da quanto lo conosci?

– Non lo conosco affatto, neanche so come si chiama.

– Quindi è da poco che abita nel palazzo.

– No, sono io che sto qui da tre mesi.

– Ah, ecco.

Restiamo in silenzio per un po'.

– Perché continui a fare sí con la testa? – mi domanda.

– Sto pensando.

La strategia che abbiamo concordato è azzardata e decisamente pacchianotta, ma deve funzionare. Perché se non funziona sarò costretto ad affrontare il problema legalmente, cioè ad accollarmelo a tempo indeterminato. E siccome, peraltro, sono stato cosí incauto da lasciare che un'incidentale copula compromettesse la professionalità dell'incarico in fase iniziale, nel caso adissimo le vie legali non potrei sottrarmi al martellamento quotidiano di coglioni a cui l'errante darebbe il via cinque minuti dopo il primo atto formale.

– È il mio primo appostamento, – dico, piú a me stesso che a Cordelia, mentre giro il cucchiaino nel caffè.

Seduti a un tavolino del bar di fronte al suo palazzo, scelto allo scopo di monitorare il traffico condominiale, sembriamo la versione discount della coppia di sbirri in macchina che piantona un edificio in attesa che entri o esca il ricercato.

Di solito, in questo tipo di scena, uno dei due (quello che non guida) s'ingozza di hamburger e bibite gassate, al che l'altro gli fa il predicozzo dietetico, allora quello gli dà della checca vegana o gli rutta in faccia o tutt'e due, cosí cominciano a mandarsi a fare in culo e proprio quando stanno per venire alle mani compare il sospettato (lo vedono sempre all'ultimo, un attimo prima che entri in un portone o giri l'angolo), per cui archiviano la lite seduta stante e si rimettono precipitosamente al lavoro.

A guardarci, l'errante e io, pur con le modeste risorse di cui disponiamo (imparagonabili ai budget correnti delle produzioni americane), riproduciamo piuttosto fedelmente il cliché. Mentre io, semidigiuno, mi concentro sul portone, l'errante si sta infatti rimpinzando di cerchietti di salame, tranci di tramezzini, pizzette rattrappite e microspiedini di Leerdammer e mortadella; piatto che, piú che accompagnare lo spritz che ha ordinato, andrebbe bene per un muratore in pausa pranzo.

– Sul serio? – chiede, in risposta alla mia osservazione. – Proprio mai? Neanche da ragazzo, che so, all'uscita di una scuola dove andava una che ti piaceva, per essere sicuro d'incontrarla?

Sollevo lo sguardo, rovistando nel passato.

– No, – rispondo, – non ho mai pustiato nessuno.

– Pustiato! Ah, ah, ah! Ma come parli?

– Scusa, ogni tanto mi dimentico che sei di Cerreto Langhe.

– Sono di Senerchia, – risponde risentita (manco poi avesse detto: «Sono di Glasgow»), con uno sbaffo di rossore che le striscia le guance come un'abbronzatura da coda in autostrada.

– Aaah, ecco, – dico, certificando la provenienza.

– Ma pur essendo di Senerchia non ho mai usato questo termine.

– Ah, no? E quando pustiavi qualcuno, perché mi sembra di aver capito che ne hai una certa esperienza, come dicevi pustiare, «Posizionarsi a media distanza dall'oggetto facendo in modo da osservarlo senza essere visti»?

– Sí, vabbe', lascia perdere.

Una vampa di sangue rabbioso mi arriva alla testa come un flash. Per due o tre secondi non vedo un cazzo.

– ANCORA? Ma lo tieni a vizio, oh!

– E non gridare, ché si girano.

– Sai quanto me ne fotte.

– Ma perché te la prendi tanto, non capisco.

Le punto il dito contro.

– Tu dimmi «Lascia perdere» un'altra volta e ti ritrovi a questo tavolo del cazzo da sola, puoi giurarci.

Ma come parlo, sembro il cugino di Tony Soprano.

L'errante rincula, abbassa la testa e comincia a mordicchiarsi le labbra dall'interno.

E no, eh.

– Ma perché sei cosí aggressivo con me, non mi sembrava di... *iih*...

– Oh, senti, vedi di non ricominciare, adesso.

Mi guardo intorno, avvertendo i primissimi sintomi della figura di merda. Già un sacco di teste si girano verso di noi. C'è gente, ne sono proprio convinto, che esce di casa al preciso scopo di farsi i cazzi degli altri.

– *Uuh*...

– Piantala, cristo. Siamo in un luogo pubblico.

– Hai-hai ragione, scusa, – si strofina il naso (peraltro asciutto) con la manica del maglione, ricomponendosi con spigolosa dignità. – Puoi andare, se vuoi. Non ti trattengo. Scusa se ti ho fatto arrabbiare, e grazie del tuo tempo.

Merda. Porca di una merda schifosa, impastata e maledetta. Voglio morire, voglio. Sono uno stronzo, un insensibile bastardo arteriosclerotico e impunito. Eccola qui, la storia della mia vita. Con me non c'è ragione che tenga, non c'è niente da fare. Anche quando posso permettermi di alzare la voce, finisco sempre per comportarmi da merda. E soprattutto per sentirmi, una vera merda. In questo preciso momento ho una voce (la mia) che mi scandisce nella testa: «Complimenti, bravo. Mi dici cosa ti ha fatto di male questa poverina, per essere trattata in questo modo? Guarda come l'hai ridotta, sembra una bambina della Pubblicità Progresso, sembra. E dire che ti aveva chiesto aiuto. Te la sei anche scopata, non ti vergogni? Ma che ci campa a fare una merda come te? Esci, vedi se passa un camion e buttatici sotto, va'».

L'errante fa per alzarsi, intenzionata a sciogliere la seduta.

La intercetto mettendole una mano supplichevole sulla spalla. La chiamerei per nome, se me lo ricordassi.

– Ehi, mi dispiace, non volevo, – dico. – Scusami, certe volte sono veramente uno stronzo.

Si spunta una lacrimina, mi guarda prima la mano e poi la faccia.

– Io davvero non l'ho mai usato, «pustiare».

– Okay, ti credo.

Si risiede.

– Voglio un altro di questi.

Guardo il suo bicchiere vuoto.

– Un altro spritz, dici?
– No, un altro piatto di questi.

È quasi l'una quando il nostro uomo scende da un taxi che accosta in seconda fila, poco distante dal portone. L'errante me lo indica senza la minima traccia di turbamento, dettaglio che contraddice palesemente la scenetta da telefilm di Hitchcock che ha improvvisato al momento della telefonata, anche se, a guardare il presunto persecutore, viene da domandarsi perché mai si dovrebbe aver paura di uno cosí. Sui cinquanta ben portati, media statura, abiti ordinari, nessuna morbosità evidente, faccia da brava persona, anche un pochino imbranato. Tipo me, insomma.

– Bene, allora ci vediamo da te fra poco, – dico all'errante in conferma degli accordi presi; e parto alla volta dell'obiettivo.

Lei fa un cenno con la testa come a dire Se lo dici tu.

Quanto apprezzo la sua fiducia, non avete idea.

Attraverso la strada ed entro nel portone poco dopo il musical stalker, che intanto pesca la corrispondenza dalla buca delle lettere. Gli passo accanto e vado all'ascensore. Lui s'interrompe un attimo per registrare la mia presenza di sottecchi (l'esitazione passeggera su una faccia sconosciuta che l'estensione del senso della proprietà privata nello spazio condominiale rende abusiva per un attimo), e procede nella scrematura della posta.

Arriva l'ascensore, un Sabiem anni Sessanta con gli scorrevoli. Apro, entro. Qualcuno deve aver sputato sullo specchio.

Lo stalker con la faccia da brav'uomo è ancora lí che seleziona la corrispondenza utile e sbuffa sui dépliant dei megastore di elettrodomestici e su volantini di pizzerie a domicilio.

– Sale? – gli chiedo alzando un po' la voce.

– Ah, sí grazie, – fa lui, affrettandosi a richiudere la cassetta per raggiungermi all'ascensore. – Grazie ancora, – dice, chiudendo gli scorrevoli. – Che piano?

– Secondo.

– Io vado al quarto.

– No, non ho fretta, – dico, precedendolo alla pulsantiera. Per poco non gli colpisco la mano con la mia per schiacciare il pulsante numero 4.

Lui rincula con la testa, mi guarda stranito, e mentre la cabina parte piega le labbra formando una C capovolta (l'emoticon universale del «Mah»).

Io mi guardo intorno come non avessi mai visto un ascensore prima d'ora. Lui prende qualche lungo respiro (ci si fanno sempre delle grandi inalate d'ossigeno, negli ascensori), si liscia il soprabito, mi rivolge un mezzo sorriso di circostanza.

Superato il primo piano vado ad attuare il mio, di piano, e comincio a fischiettare la canzone incriminata.

Lui mi stampa subito gli occhi in faccia.

Avverto una lieve accelerazione cardiaca ma passo al secondo livello, e intono: – *Che cosa sei, che cosa sei, che cosa sei*...

Lui guarda verso il soffitto, manco pensasse di trovarci una telecamera nascosta o che so io; quindi torna a fissarmi, ma non capisco se lo fa perché ha la coda di paglia o gli dà imbarazzo trovarsi in ascensore con uno sconosciuto che gli canta una canzone nell'orecchio (del secolo scorso, oltretutto).

– ... *cosa se-ee-ii*... – continuo a oltranza.

A un certo punto i nostri occhi s'incontrano. Non sapendo cosa dire (mi accorgo adesso di non aver elaborato un terzo livello del piano), mi presento. Il problema è che non riesco a non cantare.

– Piacere, Malinconico; *Non cambi mai, non cambi mai, non cambi mai*... – gli offro la mano.

Lui, alla moviola, tira fuori di tasca la sua.

– *Avvocato* Malinconico, preciso.
Ora sí che si è spaventato.
– Molto lieto, Sorgi, – risponde di default.
Terminate le presentazioni, aggiungo: – Ho una cara amica che abita qui, al secondo; *Proprio ma-aa-ii...*
– Ah, – dice, dopo un silenzio indefinibile.
– Sono venuto a trovarla proprio stamattina; *Caramelle non ne voglio piú...*
Gesú, sembra che mi abbiamo trapiantato Radio Italia nella scatola cranica.
– Verso le dieci, – circostanzio.
Se non mi fermo tra poco gli dico anche: «Oh, lo sai che ero io al telefono, quando hai chiamato, prima?»
– Ah, – ripete lui.
Arriviamo al piano.
– Buona giornata; *Parole, parole, parole...* – dico e canto, aprendogli gli scorrevoli con un tempismo da ascensorista.
– Anche a lei, – risponde, continuando a guardarmi in faccia stranito. Ed esce dalla cabina al rallentatore.
– *Parole, soltanto parole, parole fra noi...* – continuo a cantare mentre richiudo le porte, riparto in discesa e mi allontano dalla sua figura pietrificata sul pianerottolo, le chiavi di casa in mano, lo sguardo ipnotizzato sull'ascensore che sprofonda verso i piani inferiori mentre resta lí a cercare di dare un senso a questo nostro incontro.

– Fatto. Non ti darà piú fastidio, – dico all'errante poco dopo, quando mi apre la porta.
– Davvero? – chiede, già risollevata al settanta-ottanta per cento.
Entro. Chiude la porta.
– Non lo avrai mica minacciato.
– Ma per chi mi prendi? Sono un avvocato, oh.

– E com'è andata? Racconta.

– Be', diciamo che ho dovuto rincarare un po' la dose.

– Cioè gliel'hai cantata tutta?

– Eh, sí, come no. Ho anche bloccato l'ascensore per concedergli un bis.

– Davvero?

Oh, mio Dio, qualcuno mi aiuti.

– Era una battuta, cristo santo! Non prendere alla lettera tutto quello che ti si dice!

– Ah, ecco.

– Ooh.

– Insomma ha funzionato.

– Sembrerebbe.

– C'è rimasto quando te l'ha sentita cantare, eh?

– Uuh. Vedessi la faccia che ha fatto.

– Bene. Bene. Bene.

Dice proprio cosí, tre volte di fila. Poi, senza smettere di fissarmi, si mette a fare sí con la testa un numero imprecisato di volte. Una coazione ad annuire, proprio.

Quando finalmente si sblocca, osserva: – Sembra che siamo arrivati ai saluti, allora.

Nel testo a fronte: «Immagino che la scopata di prima non preluda ad alcuna continuazione, eh, piccolo stronzo bastardo opportunista?»

– E non lo so, – rispondo guardandomi provocatoriamente l'orologio al polso, – vuoi che resti?

Ho omesso l'*anche* (che andava tra «vuoi» e «che»), ma s'è sentito uguale.

A proposito, non ci siamo mossi dall'ingresso.

– Messaggio ricevuto, – fa lei stizzita; quindi apre la porta e se la tira dietro a mo' di paravento. – Prego, via libera.

E mi spalanca l'uscita, accompagnandosi con un mezzo inchino da portiere d'albergo.

Inarco le sopracciglia e la fisso.

– La sai una cosa? A scuola dovevi andare benissimo in gratitudine, tu, – dico.

– Hai ragione. Grazie del tuo interessamento, sei stato molto gentile, – risponde senza degnarmi di uno sguardo.

Avanzo di due passi e mi fermo sulla soglia, di fianco a lei. Volto la testa e la riguardo in faccia.

M'ignora con ostinazione.

Faccio un altro passo avanti ed esco sul pianerottolo.

E se ora ti mandassi a fare in culo?, penso.

Sempre piú tentato dall'idea, mi volto per formalizzare l'invito, ed è proprio in quel momento che l'errante mi sbatte la porta in faccia, lasciandomi lí allibito a guardare la targhetta d'ottone per un numero indefinito di minuti.

Clelia Cusati.

Clelia, ecco come si chiamava.

Piú tardi in the afternoon, passeggio lungo il corridoio dello studio esaminando uno degli atti di citazione piú miserabili che mi sia capitato di leggere, ricevuto da mio padre per un preteso risarcimento relativo a un errore catastale incorso nella vendita di un terreno confinante con un altro (quello che si assume essere stato compromesso dall'errore catastale addebitato al mio vecchio): materia che non troverei cosí ripugnante se a inviare la citazione a papà non fosse stato mio zio.

Sono cosí disgustato dall'idea che si possa prendere un'iniziativa tanto bassa nei confronti di un fratello e poi circolare libero per strada, che soltanto alla terza lettura l'occhio mi cade sull'intestazione dell'atto. E solo allora realizzo che il legale di fiducia del pezzente, nella stampiglia in alto a sinistra, si appunta: «Abg. Cuozzo».

Cazzo vuol dire, Abg.

Vado a rileggere, e scopro che Abg. sta per *abogado*.

Apprendo cosí che l'abogado Cuozzo è «iscritto all'Illustre Collegio de Abogados de Madrid» con n. ***, nonché «all'Ordine degli avvocati di ***, Sezione Avvocati Stabiliti» (della cui esistenza vengo a conoscenza solo adesso), e agisce (testuale) «per la sola intesa» (espressione in cui non riesco a trovare un senso qualsiasi) con l'Avv. Pasquale De Martino (questo qui lo conosco, s'è laureato nella mia stessa seduta).

Reggo la citazione con tutt'e due le mani e guardo nel vuoto, come se a un tratto m'interrogassi sui confini del cosmo.

Tanti anni di onorata (si fa per dire) carriera, e mai che abbia affrontato un abogado in udienza.

Convoco immediatamente Espe, che se ne sta stravaccato sul divano Ektorp del suo, chiamiamolo, studio, a leggere «Topomistery» mangiando Pringles (Espe, alias Espedito Lenza, per chi non lo conosca, è il mio coinquilino, ragioniere commercialista, titolare dell'omonimo ufficio situato nella stanza accanto alla mia).

– Oh, – dico, – guarda qua.

Gli passo la citazione.

– Che è.

– E leggi.

Sbuffa, posa il «Topomistery» a faccia in giú, dà una ciucciata ai polpastrelli unti di Pringles, prende la citazione, guarda la prima pagina, gira le altre due che seguono, si gratta un'ascella.

– Be'? – domanda.

– L'intestazione l'hai letta?

Riporta subito lo sguardo sul primo foglio. Poi si volta verso di me con la faccia persa.

– E che cazzo significa Abg.?

Lo guardo schifato.

– Lo vedi che sei ignorante? Aggiornati un po', santo dio. Il futuro ti passa accanto, anzi t'investe, ti travolge, e tu da bravo caprone non ti accorgi neanche da che parte va.

Lui ributta l'occhio sulla citazione (manco potesse trovarci la conferma della ramanzina che gli ho appena fatto) e torna a fissarmi, patologicamente incapace di capire dove sia lo scherzo.

In quel momento suona il telefono del mio, diciamo, studio. Gli strappo la citazione di mano e vado a rispondere.

Lui rimane a bocca aperta, come un ragazzino cazziato dal professore durante il compito in classe.

– Hai cinquant'anni, – gli urlo dal corridoio, – fai il ragioniere da metà della tua vita e non sai neanche cos'è un abogado, ma mettiti scuorno!

Nella pausa che segue, conto alla rovescia a partire da 3.

– *Commercialista*, stronzo! – mi grida Espe dalla sua stanza quando arrivo a 2.

Cerco di non ridere mentre sollevo la cornetta del telefono.

– Pronto.

– L'avvocato Malinconico?

– Guardi.

– Guardare cosa?

– No, dicevo: guardi, ci sta giusto parlando.

– Ah, ah, ah. L'avevo capito che era un tipo simpatico.

– Ma chi è, scusi?

– Sorgi. Ci siamo conosciuti in ascensore.

Vado in pausa. Poi mi riavvio.

– S-sí. Mi ricordo.

– Certo che si ricorda, avvocato. Risparmiamoci la farsa, vuole?

– Prego?

– Ma sí. Lei stamattina ha fatto quella scenetta per farmi capire che sa, cosí avremmo saputo entrambi che lei sa che io so che sa; insomma, adesso lo sappiamo sia io che lei, per cui partirei da qui, se è d'accordo.

– Magari tra una mezz'ora, quando avrò capito cos'ha detto.

– Ah, ah, ah. Ha ragione, mi scusi. La prego di credermi: sono una persona perbene, avvocato. Mi permetto di dirlo senza snobismi. Faccio l'ingegnere, non ho legami sentimentali, conduco una vita dignitosa, sono una persona mite, non ho mai fatto del male a nessuno e la sola idea mi ripugna. Non sono uno stalker. Parola d'onore.

La solennità della pausa che segue annuncia la mia domanda.

– Si rende conto che mi ha appena detto di essere quello che fa quelle telefonate?

– Certo. Ma voglio precisare che non ho intenzioni morbose nei confronti della signorina Clelia. Sono innamorato di lei.

Mi siedo.

– È da quando è venuta ad abitare nel mio palazzo che non faccio che pensare a lei, – racconta. – Appena l'ho vista ho creduto che il destino mi parlasse. Non so cosa mi è successo, non ho mai provato un'emozione cosí chiara e forte.

– E ha pensato di corteggiarla mettendole Alberto Lupo al telefono?

– Adoro quella canzone, era la preferita di mia madre.

Mi porto la mano alla fronte, sbigottito dal fatto che esista davvero gente simile, proprio mentre entra quella capera di Espe, verosimilmente attratto dai brandelli di conversazione sentiti dalla sua stanza; e va ad accomodarsi in una delle due Hampus dall'altra parte della scrivania Jonas. Se ha una qualità, è la discrezione.

– È la canzone-bandiera di un romanticismo maschile d'altri tempi, con cui m'identifico in pieno, – specifica l'Ingegnere Innamorato.

Ah, be', hai scelto proprio la tipa giusta: non è mica una che la dà subito, penso.

Guardo Espe e trattengo una risata.

Sorride anche lui, ma cosí, per cortesia. Mica sa perché.

– Non volevo spaventare la signorina, – continua il romantico vintage, – tant'è che incontrandola nelle scale le ho canticchiato la canzone perché capisse che ero io a telefonarle, gliel'avrà detto, no?

– Questo non la giustifica. Né esclude la molestia.

Il cretino seduto dall'altra parte della Jonas apre le mani e annuisce a ripetizione, come fosse assolutamente d'accordo.

Cazzo mi dài ragione se non sai cos'ha detto quello dall'altra parte, vorrei domandargli.

– Le sto dicendo la verità, avvocato. Lo giuro.

– Aspetti un attimo. La pianti di fare sí con la testa?

– Come, scusi?

– Niente. Comunque può smettere di giurare, non sono il suo parroco. Diciamo che sono disposto a crederle, e che per me la faccenda può considerarsi chiusa. Se da questo momento le telefonate finiscono, è chiaro.

Espe nel frattempo ha introiettato il richiamo, e l'ha piantata di fare quelle testatine da pollo.

– A dire la verità è un altro il motivo per cui la chiamo, avvocato.

– Pure. E sarebbe?

– Avrà capito che con le donne manco di scioltezza. Diciamo anzi che sono timido e molto, molto insicuro. Ecco perché con la signorina mi sono affidato alle parole di Alberto Lupo.

– Arrivi al punto.

– Ecco, io, in sostanza le sto chiedendo di mettere una buona parola per me.

Mi rizzo nella schiena e guardo Espe allibito.

– Che cosa?

– Vorrei che rassicurasse la signorina circa la bontà delle mie intenzioni. Le ripeto, sono un uomo all'antica, sarei pronto a sposarla.

– Ma roba da malati. Si rende conto di quello che mi chiede? Mi ha preso per un agente matrimoniale?

Espe si schiaffeggia le gambe, esterrefatto.

– Aspetti, avvocato, mi lasci finire. Non intendo rubare il suo tempo, vorrei che assumesse questo incarico come un qualsiasi mandato. Sarà regolarmente compensato secondo la parcella che mi presenterà, qualunque sia la cifra.

– Io non so con che faccia si perm... cos'ha detto?

– Mi rendo conto che la mia è una richiesta, diciamo cosí, insolita, e in apparenza poco rispettosa. Ma immagino che nella sua attività professionale avrà avuto modo d'imbattersi in faccende ben piú delicate e anche piú imbarazzanti di questa.

Ah, non sai quanto hai ragione, penso, mentre allungo lo sguardo sulla citazione dell'abogado stabilido.

– Avanti, mi venga incontro, non le chiedo poi tanto. Non dovrà prendersi altro disturbo che informare la signorina delle mie buone intenzioni. Non avrà procedure da avviare, atti da scrivere, carta da bollare. E non aprirò bocca sul suo onorario. Anzi, se mi dà l'Iban le faccio subito un bonifico, poi la richiamo domani, dopodomani, la prossima settimana: appena avrà parlato con la signorina Clelia, mi dirà lei quando.

– Ma dice sul serio?

– Dica solo la cifra e l'Iban, avvocato. Sono al computer, posso provvedere seduta stante.

Mi riempio i polmoni d'aria e scuoto ripetutamente la testa in segno di negazione, mentre dietro le quinte di me stesso mi domando che cazzo sto facendo.

Espe sta grigliando sulla Hampus. Se gli dicessi: «Metti venti euro qua sopra se vuoi che ti dica di che si tratta», accetterebbe senza battere ciglio.

– Senta, – dico, in un impeto di dignità che non so neanche se sia autentico o di circostanza, – io faccio l'avvocato, non il mediatore sentimentale. Tanto meno a pagamento.

Sull'ultima frase la mia voce scende di un semitono.

Espe è scandalizzato come una zia bizzoca che scopre un preservativo nel cassetto della nipote preferita.

– Se l'ho offesa, avvocato, giuro che non era mia intenzione.

– E dàgli con i giuramenti. Chiudiamo qui la conversazione. Ripeto: non ci saranno iniziative legali se la smette con Alberto Lupo e simili.

– Quindi lo dirà alla signorina che non sono uno stalker?

– Senta, ora non esageri.

– Va bene, ma se ci ripensa mi richiami, per favore. Il numero è quello che le appare.

– La saluto.

– Avvocato Malinconico, io…

– La. Sa. Lu. To.

– Va bene, ho capito. Mi scusi ancora se l'ho disturbata.

Attacco il telefono e guardo Espe. Per un momento temo un ictus, tanto è immobile.

– Oh, – dico. – Che ti prende?

– Ma ho capito bene? Ti voleva pagare per mettere la buona parola con una femmina?

– Ma tu ti rendi conto.

– Veramente fai?

– E sí, eh. Una che conosco, la stava molestando al telefono da giorni.

– E allora?

– E allora che? Sono un avvocato, santo dio, Espe.

Lui si accomoda meglio sulla Hampus, come a dire: «Riepiloghiamo».

– Ti ha chiamato lui, giusto?

– Eh.

– Ti ha detto che era lui che infastidiva la tipa, giusto?

– Eh.

– E tu gli hai detto che se non la finiva avresti preso provvedimenti, giusto?

– Eh.

– Quindi il tuo dovere l'hai fatto.

– Mi pare di sí.

– A quel punto lui ti ha chiesto di metterci la buona parola con la tipa.

– Proprio.

– E ti voleva pagare.

– Anche subito. Era davanti al computer, ha detto: «Dica lei la cifra, se mi dà l'Iban le faccio il bonifico».

– Ha detto proprio cosí.

– Eh.

– «Dica lei la cifra».

– «Dica lei la cifra».

– E ti ha chiesto pure l'Iban.

– E mi ha chiesto pure l'Iban.

– E tu gli hai detto di no.

A questa non rispondo, visto che c'era anche lui.

Ci guardiamo in faccia per, tipo, un minuto netto.

– Vince', – dice, rompendo il silenzio.

– Oh.

– Ma sei cretino?

Ora, vorrei dire una cosa. Uno che fa l'avvocato lo sa che il tragicomico è uno dei generi piú frequentati dai clienti. Che non c'è limite all'assurdità dei casini in cui la gente è capace d'infilarsi, aspettandosi che tu la tiri piú o meno miracolosamente fuori di lí. Che capita (uuh, se capita) di stramaledire il giorno in cui hai accettato un incarico. Che certe cause finiscono per coinvolgerti molto piú di quanto dovrebbe esserti richiesto.

Conosco colleghi che hanno affrontato depressioni serie dovute a un eccesso di responsabilizzazione nell'occuparsi di una causa che per qualche ragione insondabile li aveva toccati nell'intimo. Ne conosco altri inclini alla sottomissione, vittimizzati da clienti nevrotici e arroganti, da cui si lasciano dirigere e manipolare senza riuscire in alcun modo ad arginare la loro invadenza. Altri ancora che scambiano il mandato difensivo per una forma di tutoraggio, e si sentono in dovere di tenere per mano l'assistito in ogni singolo passaggio del procedimento, manco fosse un bambino deficiente a cui star sempre a spiegare cosa sta succedendo, che cosa apparirà (come il giochetto scemo della «Settimana Enigmistica»), finendo per diventare, per cosí dire, degli avvocati di sostegno.

Sto dicendo che ci vuole un po' di personalità (e anche la giusta dose di cinismo) per fare questo lavoro senza che ti vada in pappa il cervello. Perché è chiaro che se di mestiere ti occupi dei problemi degli altri, devi cercare di mantenerti il piú lucido possibile per affrontarli e magari risolverli. Ma ci sono volte in cui, per quanto ti sforzi di esercitare la nobile arte del distacco e non farti contagiare dalle diverse psicopatologie che affliggono il tuo portafoglio clienti e quindi te, gli eventi prendono delle pieghe cosí demenziali che è difficile non sbroccare, abbandonandoti a reazioni impreviste.

L'ultimo posto in cui mi sarei aspettato d'incontrare di nuovo l'errante era il tribunale. Ed è proprio lí che l'ho incontrata, naturalmente. Non è stato un caso: è venuta apposta a cercarmi. Quando l'ho vista (da lontano, nel corridoio della sezione penale, dov'ero andato a fare due passi), il mio primo impulso è stato quello di guadagnare le scale e fuggire a gambe levate, cosa che ho fatto senza stare lí a pensarci troppo, convinto com'ero che fosse venuta per farmi azzeccare una figura di merda, magari urlandomi contro che lo stalker dei poveracci aveva ripreso la programmazione radiotelefonica o, peggio, che avrei dovuto fare i conti con quello che c'era stato fra noi e dunque riconoscere quanto fossimo ormai perdutamente innamorati l'uno dell'altra (avevo già tutto qui – mi sto picchiettando la tempia con l'indice – il testo del monologo che mi avrebbe recitato con aria sognante, mordicchiandosi le labbra fra le pause).

Cosí la vedo (nello stesso attimo in cui lei vede me e punta decisa nella mia direzione, facendomi gelare il sangue), opto al volo per la soluzione-fuga, schizzo lungo il corridoio con la fretta di un rattus norvegicus che attraversa un'isola pedonale sperando di arrivare indenne al primo tombino disponibile e guadagno la rampa che conduce alla libertà.

Salto gli scalini due alla volta, ed è lí l'errore. Perché inciampo quasi subito nei miei stessi piedi e rovino in avanti, atterrando goffamente su Peppe Lasaponara, un collega civilista dai capelli tinti che arriva in direzione opposta e per fortuna mi anticipa, accogliendomi a braccia aperte e attutendo la mia caduta con un tempismo da vigile del fuoco specializzato in salvataggi in extremis.

– Ma che cazzo fai, Vince'? – mi domanda giustamente, rimanendo anche lui in equilibrio per scommessa.

– Che vuoi che faccia, cado, no? – rispondo, congestionato e a un passo dalla tachicardia (non so se dovuta allo scampato sfracello o alla diretta della figura di merda). Dalla rampa parallela, qualche imbecille ride senza un po' di contegno.

Respiro con l'affanno, mi sistemo la giacca e la camicia, che mi è già mezza uscita dai pantaloni.

– Perché correvi? – mi domanda Peppe guardando alle mie spalle con una certa preoccupazione, come s'aspettasse che un inseguitore stia per piombarmi addosso da un momento all'altro. Che poi è quello che piú o meno accade di lí a pochissimo.

– Ma che fai, scappi? – domanda l'errante ad alta voce dalla cima della rampa, mentre sono ancora impegnato a ricompormi; quindi scende le scale con ammirevole flemma.

Peppe la squadra dal basso verso l'alto con interesse lascivo e poi guarda me, aspettandosi una spiegazione.

Avessi voglia di scherzare, gli direi: «Non è come pensi».

– Oh, ciao, – dico all'errante quando ci raggiunge, – che ci fai qui?

Peppe e l'errante si guardano in faccia, in un perfetto unisono di compassione.

– Permette? Avvocato Lasaponara, – si presenta il collega tendendole la mano dopo essersi lisciato all'indietro i capelli nerobluastri (Peppe è fatto cosí, una specie di outlet di Christian De Sica: appena incontra una donna si mette a fare subito il provolone, è piú forte di lui).

– Lieta, – lo fredda l'errante con un cenno del capo che esclude ogni tipo di contatto, – ma devo parlare con lui.

Peppe mi guarda risentito, manco fosse colpa mia se non sa cosa farsene di quella mano che tiene ancora pateticamente tesa a mezz'aria.

'Zzo vuoi da me, è la frase che mi si legge in faccia.

– Prego, – dice Peppe all'errante, con una venatura d'invidia che non riesce a contenere (è nelle contingenze piú imbarazzanti che la competizione maschile viene fuori al suo peggio) – è tutto suo. Lo tenga fermo prima che scappi di nuovo.

E con questa chiusa da parrucchiere di una volta, ci lascia.

– Ti telefono e non rispondi, – viene subito al punto l'errante, – poi vengo fin qui a cercarti e scappi come se mi dovessi dei soldi. Cosa ti ho fatto?

– A parte che mi hai cacciato fuori e sbattuto la porta in faccia, proprio niente.

Abbassa la testa, e anche la voce.

– Hai ragione, Vincenzo, sono stata ingiusta e maleducata. È per questo che volevo parlarti, per chiederti scusa. Non avevo il diritto di trattarti cosí, dopo che t'eri dato tanto da fare per me.

Ookay, penso. Questo vuol dire che il complessato ha smesso di telefonarle. Dio ti ringrazio.

– Ma vedi, Vincenzo... – prosegue.

No. Non dirlo, penso.

– ... non è bello per una donna capire che l'uomo con cui ha da poco fatto l'amore sta lí che non vede l'ora di andarsene da casa sua.

L'ha detto.

– Ma scusa, – svio, – era tutta la mattinata che stavo lí da te; a una certa ora bisognerà pur andarsene, no?

– Non trattarmi da cretina, – s'incazza. – Preferisco che tu mi dica in faccia che per te sono stata una scopata e basta, almeno apprezzerei la sincerità.

– Vuoi abbassare la voce, per favore? – le dico, e intanto penso che quando si pronuncia questa frase si abbassa la voce per primi, come si volesse dare il buon esempio. – Avevo capito ch'eri venuta per scusarti, – rilancio, sperando di prevenire una seconda carica.

– Sí, infatti, – tira su col naso mentre le viene un luccicone. – Mi dispiace se ti ho messo di nuovo in imbarazzo.

– Ma lo sai, – cambio discorso per sdrammatizzare, peraltro temendo che si sciolga di nuovo in lacrime, – che mi ha telefonato lo stalker?

– Cosa? – domanda strofinandosi il naso.

– Quello di *Parole parole*.

– Mi prendi in giro.

– Ma proprio no.

– E che voleva?

– Non ci crederai, ma non ha mai avuto intenzione di molestarti. È innamorato di te.

– Stai scherzando.

– Seeh, magari. Dovevi sentirlo: «Da quando è venuta ad abitare nel palazzo penso solo a lei»; «Appena l'ho vista ho sentito la voce del destino»; poi tutta una tirata allucinante sul romanticismo di Alberto Lupo... pareva un reading della posta del cuore. Da non credere, veramente.

Tutt'a un tratto lo sguardo dell'errante s'è messo a svolazzare nell'aere.

– Per questo è cosí timido quando mi incontra.

La guardo perplesso.

– Oh. Sembra che ti faccia piacere.

Manco mi sente.

– E perché quella canzone?

– Dice che era la preferita di sua madre.

Ma che fa, sorride?

– Ehi, – le spazzo l'aria davanti alla faccia con la mano, – che ne dici di riavviare il sistema?

– Ma perché non me l'hai detto? – domanda, tornando bruscamente in sé.

– Prego?

– Se questi sono i sentimenti che quest'uomo prova per me, avevo il diritto di saperlo.

Chiudo gli occhi e li riapro.

– Stai dicendo che *io* avrei dovuto dichiarare a *te* i sentimenti di *un altro*?

– Ma è a te che ha telefonato.

A questo punto potrebbe anche scoppiarmi un embolo.

– Oh, ma mi avete preso per un mediatore sentimentale? – ribatto, facendo una fatica bestiale per non mettermi a urlare come un pescivendolo. – Sono affari suoi se invece di dichiararsi ti mette le canzonette al telefono. È lui che è innamorato di te, non io.

– Questo mi è sempre piú chiaro, Vincenzo.

Pausa.

– E questo che stracazzo vorrebbe dire, adesso?

– Lascia perdere, – tronca lei.

Stavolta non mi arrabbio neanche. Resto lí, a seguire con gli occhi l'errante che se ne va senza voltarsi indietro, struggente pantomima di un addio.

Sono cosí inebetito dalla demenzialità della scena che realizzo la vicinanza di Peppe Lasaponara solo quando mi posa una mano sulla spalla. Probabilmente è rimasto in cima alle scale per tutto il tempo, a seguire il corso degli eventi.

– Andata male, eh? – dice, sorridendo.

Lo guardo. Poi riporto la testa in direzione dell'errante che intanto raggiunge il pianoterra ed esce sulla strada.

E mentre la mano di Peppe sulla spalla continua a darmi colpetti di finta solidarietà (felice com'è di avere assistito a quella che crede sia stata la diretta di un abbandono), penso che forse, pur nell'assurdità di questa faccenda ridicola, potrei anche aver contribuito alla nascita di una storia d'amore.

Per cui è addirittura possibile che questo sia un lieto fine.

Epilogo

Parole parole
An essay by Vincenzo Malinconico

Chissà cosa pensò la mia bisnonna, dalla sedia rotelle sotto la quale avevo stabilito da bambino una mia personalissima residenza-nascondiglio in stile «Rifugio anti-zio» di Qui, Quo, Qua (ve la ricordate la capanna sull'albero dove i tre fratelli si arrampicavano per sfuggire al battipanni di Paperino?), quando in Tv (allora in bianco e nero) irruppe *Parole parole* (1972, di Del Re-Ferrio-Chiosso), sensuale ed equivoca sigla finale del varietà *Teatro 10*, magistralmente cantata da Mina in duetto con Alberto Lupo (voce recitante).

Eravamo nel '72, e la (bis)nonna (che poi si chiamava Giulia), benché paralitica e in pieno viale del tramonto, non era ancora cosí malridotta da non cogliere – e soprattutto condividere, all'avanguardia com'era in materia di faccende amorose – il contenuto anticonformista di quel pezzo.

Se all'epoca fossi stato in grado di capire di cosa accidenti parlasse *Parole parole* – per inciso: che belli i tempi in cui non si capivano le cose – di sicuro l'avrei cercata con gli occhi per registrare la sua reazione, e so che avrebbe controfirmato quel testo anche con la sinistra.

La bisnonna Giulia (detta Abelarda) infatti era – da quel che mi hanno raccontato: tardissimo, perché poi le storie di famiglia vieni sempre a saperle in forma d'inciucio, quando il protagonista non può piú difendersi – un tipo tutt'altro che romantico. Per lei, condizione imprescindibile perché l'amore durasse era un'appagante e continuativa attività sessuale (aveva anche un proverbio, da lei coniato, per esporre il suo punto di vista sull'argomento, ma siccome era piuttosto sboccato, in rispetto della sua memoria mi asterrò dallo sbandierarlo pubblicamente). Pare che di rose, poesie, serenate e corteggiamenti prolungati non volesse proprio saperne. Tendeva a venire al punto, insomma (con suo marito, intendiamoci: non è che andasse in giro a divertirsi; ma se pure l'avesse fatto mi sarebbe stata due volte simpatica), ed era su quel terreno che testava la misura (in senso metaforico) dell'amore: e datele torto. All'epoca, poi. Ma quando mai una donna (come pure un uomo) andava a prendere l'argomento nella dovuta considerazione? Chi mai, in quel secolo, si sarebbe permesso di porre amore e sesso su piani concorrenti, considerando il secondo una precondizione del primo (altro che il «Non c'è sesso senza amore» di vendittiana memoria)? La realizzazione del desiderio sessuale nella pratica quotidiana di una relazione intima soddisfacente era un tema oscurato, disdicevole. Disonorevole. Un argomento da zoccole. E da puttanieri, per converso (che in quanto frequentatori di puttane, o almeno di commari, esentavano le mogli da quel genere di appetito). Ogni approccio problematico era taciuto in partenza. La faccenda si risolveva in termini elementari: i maschi andavano a puttane, le mogli si fottevano. Fine della storia.

Pensate allora, in un simile quadretto subculturale, che testa doveva avere la bisnonna Abelarda, che poneva la soddisfazione del desiderio sessuale al vertice della gerarchia dei sentimenti. Quale perfetto contrario della donna d'altri tempi incarnasse. Che reputazione, soprattutto, doveva farsi in giro esternando le sue convinzioni in materia (pare che un'altra sua caratteristica fosse il non mandarla a dire). E come dovrà essersi sentito suo marito, all'epoca del fidanzamento, quando lo prese in prova (magari inizialmente basito, ma poi contentissimo).

Ora: il punto è che *Parole parole* sembra scritta dalla mia bisnonna. Perché è della sua teoria antiromantica dell'amore che parla. Racconta l'esasperata disillusione di un'avvenente signora (nella fiction musicale, Mina) che non ne può piú delle poesie del suo partner, il quale si autostrastulla alitandole sul collo un romanticismo bolso e stucchevole, invece di trascinarla in un sacrosanto amplesso, di cui la malcapitata sembrerebbe avere un emergenziale bisogno.

A guardare il video (tuttora reperibile su YouTube), infatti, non sai se ridere o provare una pena tremenda per quel poveraccio. Lei se ne sta lí, truccata, profumata, shampata e boccolata, in evidente credito di attenzioni specifiche, e quello, impostato come in un provino da radiodramma, per cinque minuti interi di canzone le sussurra di venti che portano i violini e le rose, frasi d'amore pronunciate e mai finite, lune, grilli, caramelle (che lei, vivaddio, non vuole piú), senza mai toccarla con un dito.

Parole, parole, parole, ripete l'infelice, ormai rassegnata all'ennesima sublimazione; *Che cosa sei, che cosa sei, che cosa sei*, mentre lui cerca d'interromperla a colpi (si fa per dire) di metafore che le hanno abbondantemente rotto i maroni.

Non cambi mai, non cambi mai, non cambi mai | proprio mai, insiste, tanto per ribadire il concetto della causa persa; e lui: *Tu sei il mio ieri, il mio oggi, il mio sempre, inquietudine* (mentre tu che assisti a quella tragedia pensi Ma che cazzo dici?), e lei: *Nessuno piú ti può fermare | chiamami passione dài | hai visto mai* (come dire: «Hai visto mai che stasera si tromba, se usiamo la parola giusta»); e il duetto diventa cosí una spietata denuncia del fallimento dell'amore angelicato, della caduta del desiderio, della routine piccoloborghese dei sentimenti diventati ormai del tutto incapaci di lasciar parlare i corpi.

Ecco il mio destino, parlarti, parlarti come la prima volta, ammette a un tratto lo sfigato, presumibilmente confidando in un segno di pietà; e lei, di nuovo: *Che cosa sei, che cosa sei, che cosa sei* (come a dire: «Cristo santo, ricominci?»); e quello, manco lei gli avesse detto: «Continua cosí», aggiunge: *No, non dire nulla, c'è la notte che parla, la romantica notte*» (La *romantica notte*?, pensi tu dall'altra parte dello schermo, ormai definitivamente schifato da un miscuglio di pietas e di ripugnanza per quello stillicidio masturbatorio – Cioè, fammi capire un attimo: questa disgraziata, oltre a sorbirsi le pippe che ti fai e andare a letto senza cena, deve anche stare zitta e mettersi in ascolto della *romantica notte che parla*? Oh, ma quale voto ha fatto, 'sta poveraccia? A quale dio barbaro s'è sacrificata? Quale contratto capestro le hai fatto firmare per infliggerle un colpo di grazia cosí infame aspettandoti pure che s'inginocchi e ti dica: «Finiscimi»?)

Parole, parole, parole, ripete ormai ossessivamente la sciagurata, come in un rituale sciamanico di liberazione, manco si stesse augurando l'arrivo della pioggia; di piú, di una mitragliata di fulmini e saette, un tornado, una tempesta che li travolga entrambi mettendo fine a quella sofferenza ignobile; e lui, di rincalzo, in crescendo: *Ascoltami, ti prego* («Ma cosa cazzo deve ascoltare ancora?!», urli tu da questa parte del monitor, preso come sei da un'empatia incontenibile con la vittima, che vorresti vendicare a mani nude, facendo irruzione nel video per prendere a calci in culo l'innocuo stalker e poi ingropparti la poverina anche solo per solidarietà).

Parole, parole, parole, inchioda sul ritornello l'afflitta, e a questo punto è come se parlasse da sola, ormai sorda al piagnucolante che ancora la molesta a vanvera e adesso, con una faccia da culo da manuale, tenta addirittura, come da programma, il rovesciamento della frittata: *Che cosa sei*, recita (lui! Capito?), con un'intonazione paternalistico/concessiva che vorrebbe dare a intendere che il problema sia la disgraziata a cui sta rompendo il cazzo da quando la canzone è cominciata.

E meno male che di lí a poco il pezzo finisce, perché scendere piú in basso sarebbe stato proprio impossibile (ecco la grandezza degli autori: scrivere una canzone sul toccare il fondo dei sentimenti è davvero un'impresa da pochi).

Ah, nonna, che donna eri. Come avevi ragione. Chissà quanto sarebbe durato il disgraziato della canzone, con te.

Mi hanno detto che giocavi a biliardo. E che fumavi anche il sigaro.

Allora t'immagino in quella sigla finale, al posto di Mina, con il poeta che ti gira intorno tentando di offrirti una copula virtuale mentre inclini la stecca sulla palla numerata che aspetta il tuo colpo. È una scena esilarante, quella che mi appare davanti agli occhi.

Cara, cosa mi succede stasera? Ti guardo, ed è come la prima volta, ti sussurra il cretino.

Al che interrompi la manovra, volti appena la testa verso di lui, ti levi il sigaro di bocca, lo guardi, e io scoppio a ridere prima ancora che tu risponda.

A Girl Like You

di Carlo Lucarelli

Lui lo sa che quando è nervoso Franchino spinge i denti in avanti. Lo faceva sin da piccolo e ancora quasi non ce li aveva, stringeva le mascelle e buttava un po' in fuori le labbra. Toccava sempre a lui calmarlo, anche se non era nessuno, neppure un parente, ma zu' Germano glielo aveva affidato da quando era nato, *a 'stu picciriddu non ci avi a succediri nenti*, e infatti neanche un graffio, neanche gli scorticoni alle ginocchia con la bicicletta, quando vicino a Franchino c'era zio Luigi *non ci succidiva nenti*.

Era tempo di faide, allora, poi era arrivata la pace fra le 'ndrine del Norditalia, Franchino era cresciuto e zio Luigi aveva smesso di fargli da guardaspalle. Ma era sempre da lui che veniva se c'era qualcosa che non andava: con i compagni di scuola, l'università che non la voleva fare, quella ragazza... Cosí zio Luigi aveva parlato con i genitori dei ragazzi bulli, aveva convinto Franchino che per gli affari della famiglia proprio Economia doveva fare e che quella là *l'aiva a lassari perdiri, si l'aiva a dimenticari*. Gli aveva fatto piú da padre lui che zu' Germano, anche se questa era una cosa che Luigi neanche si permetteva di pensare.

Quando è nervoso Franchino spinge i denti in avanti ma adesso deve esserlo tanto, perché sembra quasi che li voglia sputare fuori dalla bocca. Se ne sta rigido sulla porta della sala con una mano affondata nella tasca del giubbotto e l'altra giú lungo la gamba, non stretta, aperta, ma si vede lo stesso che è tesa. Fa appena un cenno del capo a sua madre che sta finendo di apparecchiare la tavola, lancia solo un'occhiata a zu' Germano e agli altri due figli, tutti e tre attaccati al cellulare, e lui invece evita proprio di guardarlo.

Cosí Luigi si stacca dalla finestra a cui sta appoggiato e fa un mezzo passo in avanti, vuole dirgli *Franchi', chi hai?*, piano, in un orecchio, poi vede quel pugno spigoloso che preme dentro la stoffa del giubbotto e gli fa un segno con la punta del mento, come una virgola, come per chiedergli che c'è lí dentro, e allora Franchino tira fuori la mano dalla tasca e chiusa nel pugno ha una granata.

Il tempo che una M75 di fabbricazione serba ci mette a esplodere dopo che è saltata via la spoletta ritardante varia dai tre ai quattro secondi. In altre circostanze forse Luigi sarebbe riuscito a reagire, ma cosí, davanti a Franchino con il braccio steso – non l'aveva neppure lanciata, la bomba a mano – fa soltanto un altro mezzo passo in avanti prima che i trentasette grammi di nitropentatrentile disintegrino l'involucro di plastica verde oliva sparando tremila pallini di piombo di quasi tre millimetri di diametro a spazzare la stanza.

1. Stella Stellina

I've never known a girl like you before
now just like in a song from days of yore
here you come a knockin' knockin' at my door
and I never met a girl like you before.

[Non ho mai conosciuto una ragazza come te finora
ora come in una canzone dei tempi antichi
arrivi qui a bussare e bussare alla mia porta
e io non ho mai incontrato una ragazza come te finora].

EDWYN COLLINS, *A Girl Like You.*

– Sono due.
– Due?
– Sí, uno è nascosto là dietro, ma c'è. Se si sporge un po' forse lo vede. Lo vede?
Grazia sollevò la testa, poco, perché di piú non poteva.
– No.
– Aspetti, glielo indico col dito. Eccolo qua, lo vede adesso?
– Oddio, sí!
Grazia lasciò ricadere indietro la testa sul lettino. Avrebbe voluto restare a guardare ancora quelle linee grigie che si gonfiavano sul monitor dell'apparecchio per le ecografie, ma le faceva male il collo a stare cosí tesa. La dottoressa ruotò la sonda nel gel che le imbrattava la pancia, spingendola cosí a fondo che sembrava volesse piantargliela dentro. Fece un cenno a Simone che stava in piedi accanto al lettino, rigido, lo sguardo vuoto puntato verso il muro, e stava per dirgli *ecco, guardi un po' anche lei*, quando si ricordò che era cieco.
– Accendo il sonoro, – disse, – ma ancora i cuori non si sentono.

– Io li sento, – disse Simone. Cercò la mano di Grazia seguendole il braccio e le strinse forte le dita. – Sí, sono due. Sono due.

– Simo', mi stai stritolando la mano.

Simone non disse niente. Lasciò la mano di Grazia e si spostò verso la sedia di metallo che stava davanti alla scrivania al centro dell'ambulatorio, urtandone appena la gamba con la punta del piede. Si sedette, lo sguardo rivolto al muro opposto, perché non voleva gli vedessero le lacrime che aveva tra le palpebre.

La dottoressa finí di sondare la pancia di Grazia, mandò in stampa gli scatti che aveva via via fermato sul monitor, poi cercò gli zoccoli che aveva lasciato sul pavimento per appoggiare i piedi sull'anello di ferro del suo sgabellino e andò a sedersi alla scrivania. Grazia si pulí alla meglio con un fazzoletto di carta ruvida, ma ormai ne aveva fatte abbastanza, di ecografie, da sapere che la pelle restava appiccicosa fino alla doccia. Intanto la dottoressa aveva tirato fuori una cartellina da un cassetto e ci stava attaccando dentro le istantanee dei gemelli, pinzandole sul cartoncino con una graffettatrice.

– Ci sono donne che hanno fatto di tutto praticamente fino al giorno del parto, – disse la dottoressa, – mia nonna ha lavorato in campagna fino alle doglie e dopo è andata in ospedale in bicicletta.

Sorrise, e anche Grazia, che però smise subito perché la dottoressa stava scuotendo la testa.

– Ecco, lei non è una di quelle donne.

– No –. L'aveva detto Simone, e non era una domanda.

– No, infatti. Scusi se glielo dico cosí, ma so che vi siete impegnati tanto per questo risultato e so anche che lei fa presto a dimenticarsene, è già successo.

– Sí, – disse Simone.

– Simo', per favore... Che devo fare?
– Startene ferma.
– Simo', per favore!
– Ferma ferma no, però abbastanza sí. Niente pesi, niente traumi, niente sport, non mi vada a fare la maratona, se nuota va bene basta che non si stanchi, niente pulizie grosse e niente scale. Niente scale, soprattutto, non sottovaluti le scale, lo fanno in tanti.
– Stiamo al pianterreno, – disse Grazia.
– E al lavoro?
– C'è l'ascensore. Ma entro in aspettativa questa sera.
– Vabbe', cosí è anche troppo, non è che è ammalata...
Grazia lanciò un'occhiata a Simone, che la stava guardando. Di traverso, con l'occhio appena socchiuso puntato oltre il suo volto, al muro alle sue spalle, uno sguardo da cieco fin dalla nascita, ma lei sapeva che la stava guardando.
– Ho fatto una promessa, – mormorò, e Simone annuí.
– Bene, allora, se tutto va liscio, e andrà liscio di sicuro, ci vediamo fra dieci settimane per la morfologica. Questo a chi lo diamo, alla mamma o al papà?
La dottoressa tese la cartellina e subito si bloccò, ricordandosi di nuovo che Simone non la poteva vedere. Simone avvertí il suo imbarazzo, ci era abituato, allungò un braccio e le sfilò la cartellina dalle dita al primo colpo, senza esitazione, perché aveva sentito l'aria che si muoveva.
L'ambulatorio di ecografia numero 1 del reparto maternità dell'Ospedale Maggiore era al pianoterra della palazzina F. Quello di traumatologia stava al dodicesimo piano della palazzina D. Grazia lo disse a Simone appena furono fuori dall'ambulatorio, ancora nel corridoio.
– Non sei in aspettativa?
– Lo sono da stasera, Simo', fino alle cinque sono ancora in servizio. Devo solo raccogliere una deposizione per il

magistrato, me l'ha chiesto Matera come un favore, già che ero qui. Oggi non sta bene.

– E tu sei incinta.

– Appunto, l'hai sentita la dottoressa, non è che sono malata. C'è l'ascensore di sicuro, parlo con questo tizio, dieci minuti, un quarto d'ora al massimo, tu mi aspetti al bar e io ti raggiungo. Mi ordini un cappuccino e due cornetti, sono incinta, devo mangiare, sono due gemelli.

Gli strinse il braccio, cosí forte che Simone sentí il suo entusiasmo e si arrese.

– Grazia, però, questa volta...

– Questa volta no, – disse Grazia. – Questa volta no, Simo', stai tranquillo.

La stanza che le interessava era al tredicesimo piano e non al dodicesimo, ma c'era l'ascensore e lei lo prese di nuovo, scrupolosa, anche solo per quella rampa in piú. L'agente di piantone davanti alla porta in fondo al corridoio la conosceva e non ci fu bisogno di mostrargli il tesserino.

Steso sul letto, le braccia aperte come in croce in una trazione che doveva fargli abbastanza male, c'era Luigi. Lo spostamento d'aria rovente gli aveva bruciato la faccia e lo aveva buttato giú dalla finestra aperta, tre piani piú sotto, ma gli aveva evitato di essere tagliato in due dagli shrapnel della bomba a mano come era successo a zu' Germano e ai suoi due figli, o quasi disintegrato, come a Franchino e sua mamma.

Grazia prese una sedia e andò a sistemarsi accanto al letto. Gli occhi di Luigi si mossero nella faccia lucida di crema antisettica, cercando di inquadrarla senza girare la testa. Sí, la trazione doveva fargli abbastanza male.

– Ci conosciamo?

– Lei non mi conosce, ma io sí, – disse Grazia. Aveva in mano un piccolo registratore digitale, che avvicinò alla bocca. – Sannicola Luigi, Ospedale Maggiore di Bologna, 27 febbraio...

– Siete il magistrato?

– No, sono l'ispettore Negro, dell'antimafia.

– Parlo solo con il magistrato.

Grazia sospirò e spense il registratore. – Senti, Sannicola Luigi. Per quello che so io, ed è abbastanza, tu sei soltanto un soldato della 'ndrina di Castelfranco Emilia, piú o meno una guardia del corpo, parecchio all'oscuro degli affari della famiglia. E adesso che la 'ndrina praticamente non c'è piú, mica siamo sicuri che hai qualcosa di interessante da dirci. Non t'abbiamo neanche incriminato. Questa è una Sit, la sommaria informazione testimoniale di una persona informata dei fatti, non la dichiarazione di un pentito. Per quello deciderà il magistrato –. Grazia fece una pausa. – Anche in base alle cose che mi dici adesso.

Riaccese il registratore e finí di scandire ora e luogo. Luigi rimase in silenzio a guardare il soffitto con gli occhi che sembravano correre impazziti nelle orbite arrossate. Restò zitto per qualche secondo poi schioccò la lingua sulle labbra lucide.

– Non è una cosa di guerra, – disse. – zu' Germano stava a posto con tutti, aveva i suoi appalti, le sale bingo, tutta roba legale, manco la droga faceva piú.

Vabbe', legale, pensò Grazia, ma non disse nulla.

– Lui e i figli stavano in pace con tutti, tanto che a me mi volevano pure mettere in pensione. E me lo meritavo dopo quarant'anni di servizio, mannaja –. Gli si inumidirono gli occhi e avrebbe voluto asciugarseli, ma non poteva muoversi e Grazia non se ne accorse.

– E allora chi è stato? – chiese.

– Franchino.

– Malapoti Franco? Il figlio piú piccolo di Malapoti Germano?

Luigi annuí e strinse gli occhi appena il dolore gli ricordò che non poteva farlo. Strizzò le lacrime di prima fuori dalle palpebre, questa volta Grazia se ne accorse e cercò un fazzolettino per asciugargli le guance.

– Domenica c'era il pranzo per l'onomastico del fratello maggiore. Franchino era venuto a Castelfranco da Bologna. Poi all'improvviso se ne esce con la bomba e fa una strage.

Niente lacrime al ricordo dell'esplosione. L'aveva detto Grazia, Luigi era un soldato, le cose di guerra non lo impressionavano.

– Perché? Perché l'ha fatto?

– Franchino era un po' che era strano. Cioè, un po' strano lo è sempre stato, mica come i fratelli, lui faceva l'intellettuale della famiglia, l'artista, poi aveva conosciuto questa ragazza e ci aveva perso la testa. Me ne parlava sempre, mi diceva che voleva farci un figlio, che la voleva sposare. Io gliel'ho detto che non poteva, che era figlio di un capo onorato, che presto sarebbe diventato onorato pure lui e che la moglie gliela sceglieva la famiglia da un'altra famiglia onorata.

Erano cose che Grazia sapeva, conosceva le regole della mafia e infatti su quello non chiese altro. Gli domandò invece come mai Franchino si confidasse proprio con lui, e Luigi le spiegò tutta la storia del padre, eccetera eccetera, ma Grazia tagliò corto, perché non le interessava neanche quello.

– Come si chiama la ragazza?

– Non lo so.

– Non lo sa?

– Franchino la chiamava Stella ma non era il suo vero nome, diceva *Stella, la mia Stella*, ma io non l'ho neanche vista, mai. Sapevo che era bella e che doveva averci una stella tatuata su un piede, per questo la chiamava Stella.

Grazia corrugò la fronte e cominciò a mordersi l'interno della guancia, lo faceva sempre quando pensava intensamente a qualcosa. Si morse piano, appena sotto il labbro con gli incisivi, perché piú che un pensiero era una sensazione, un ricordo che ancora faticava a definirsi.

– Dov'è adesso questa ragazza?

– Non lo so. Era sparita –. Luigi aveva di nuovo gli occhi al soffitto, ma dal silenzio di Grazia capí cosa stava pensando. Si trattenne dallo scuotere la testa.

– No, no... non siamo stati noi. Zu' Germano manco sapeva della ragazza, non gli avevo detto ancora niente. È scomparsa all'improvviso, come se fosse scappata. Non so, si sarà messa paura per qualcosa, si è trovata un altro, non lo so, da un momento all'altro non c'era piú.

– E Franchino?

– Franchino ha pensato quello che avete pensato voi. È venuto da me che stava come un pazzo. Quando mi diceva che la voleva sposare e che, se la famiglia era contro, loro scappavano insieme, io gli dicevo che tanto li trovavano, trovavano lei e finiva male. Allora lui diventava nero, non l'avevo mai visto cosí, e gridava che se qualcuno la toccava faceva un macello. Ecco, io gliel'ho detto che noi non c'entravamo niente, ma lui di sicuro non mi ha creduto, perché è venuto all'onomastico e ha fatto quello che ha fatto.

Luigi cercò di girare la testa e riuscí a inquadrare Grazia con lo sguardo.

– Allora che dite, ispettore? Mi ci fate, pentito?

Questa volta no.

Grazia lo aveva detto a Simone e lui glielo ripeté in macchina, perché prima aveva riso quando lei al bar gli aveva lasciato i cornetti e si era ordinata un panino col salame, poi però, quando aveva saputo che doveva passare un momento in ufficio e prima lo riaccompagnava a casa, era diventato serio, anzi serissimo.

– Ti posso aspettare in macchina. Devi solo consegnare la deposizione, no?

– Sí, cioè no, dovrei anche vedere una cosa. Mezz'ora, Simo', poi torno.

– Grazia...

– Te lo giuro, Simo', vado in ufficio, guardo una cosa, poi torno, scatta l'aspettativa e se vuoi mi metto a letto per... quanto manca?

– Ventisei settimane.

– Maro'... cosí tante?

– Di solito i gemelli nascono un po' prima.

– Vabbe'. Solo mezz'ora, Simo'. C'è l'ascensore anche in questura.

C'era ma non funzionava. Grazia fece le due rampe di scale che la separavano dal suo ufficio alla squadra antimafia della mobile, piano all'inizio, con la mano sulla ringhiera, poi come al solito, perché se ne dimenticò. Stava pensando a quello che aveva detto Luigi, *Stella*, a cui lei aveva aggiunto *Stellina*, nella sua testa, perché il ricordo si era fatto subito vivido e concreto.

Un piede nudo con una piccola stella tatuata sul dorso. Un piede di donna sulla schiena di un uomo schiacciato a terra su un tappeto. Un uomo incaprettato da cinghie di cuoio, inguainato da una tutina in latex che lasciava scoperto un culo nudo rigato dalle strisce rosse di parecchie cinghiate. Ma soprattutto gli occhi dell'uomo, sgranati, terrorizzati, congelati dal flash che l'aveva fissato cosí, con la bocca spalancata in un urlo muto da una pallina di gomma assicurata a un bavaglio, e tuttavia riconoscibile come l'assessore regionale, avvocato, cavaliere, già onorevole Alberto Parmesani.

Grazia se la ricordava la fotografia, era in prima pagina su tutti i giornali, anche su quello che adesso teneva aperto sopra la scrivania, preso dal fascicolo che aveva trovato in archivio. L'assessore Parmesani, beccato in un appartamento di Bologna durante un rapporto sadomaso con una prostituta mascherata, inguainata anche lei da una tuta in latex nera. C'erano pure altre foto prese da diverse angolazioni, ma quella era la preferita dei giornali, forse per lo sguardo terrorizzato. E aveva ragione, l'assessore, a essere spaventato, perché lui, l'Onorevole Casa e Chiesa, l'Assessore Famiglia Cristiana, ritratto di solito con papi, cardinali e vescovi, uno scandalo cosí non se lo poteva permettere. Lo aveva preso tanto male che invece di dimettersi, chiedere scusa e starsene un po' fuori dal giro come molti altri, si era chiuso in macchina, dentro il garage, e si era ucciso con i gas di scarico. Era accaduto due anni prima.

Perché stava nell'ufficio di Grazia, quel fascicolo? Perché tra i vari soprannomi dell'assessore c'era quello di «Mister dieci per cento», riferito non tanto alla percentuale di voti che spostava in regione, quanto alla tangente che prendeva sui progetti che appoggiava. Tra questi ce n'erano un paio realizzati da imprenditori in odore di 'ndrangheta.

Grazia distolse lo sguardo dalla fotografia su cui si stava concentrando e arricciò le labbra per un improvviso senso di nausea. Aspettò che fosse passato, poi andò di nuovo a quel piede nudo e a quel tatuaggio a forma di stella che risaltava nitido sulla pelle. Nessuno aveva mai saputo a chi appartenesse, la ragazza era mascherata e le foto erano finite in rete in forma anonima, ma giornali e telegiornali avevano cominciato a chiamarla Stellina, proprio per il tatuaggio, ed era per questo che Grazia se ne era ricordata.

La sensazione di nausea tornò, costringendola ad appoggiarsi allo schienale, la bocca spalancata ad aspirare aria. Mise le mani sulla pancia e le fece scorrere fino ai fianchi, piano, quasi si aspettasse di sentire qualcosa, una testa, un piedino, un movimento. Due gemelli.

Due.

C'era stato un periodo in cui l'eventualità di aspettare due gemelli la spaventava. Una volta aveva anche sognato di averli sul letto, identici, piccolissimi e affamati, si era vista con un biberon pieno in mano e un altro vuoto sul comodino, i gemelli piangevano e lei non si ricordava piú a chi aveva dato da mangiare, tirava a indovinare, sbagliava e il sogno diventava un incubo col bambino che perdeva latte fino dagli occhi. Ma era stato tempo fa, le sembrava cosí lontano e non ci voleva pensare perché erano successe tante cose che le faceva male ricordare. Adesso, però, non aveva piú paura. Si accarezzò la pancia e si disse che era felice fossero due.

Due.

Matera si affacciò alla porta dell'ufficio. Si appoggiò allo stipite fingendo noncuranza, ma si vedeva che aveva il fiatone, anche troppo per due rampe di scale.

– Sono le cinque, – disse.

– Come stai?

– Bene.

– Non sembra.

Matera allargò le braccia. Si rigirò tra le labbra il sigaro che teneva spento da quando il dottore gli aveva proibito di fumarlo. Aveva sempre obbedito, zelante, ma alla fine della giornata il mezzo toscano che succhiava tra i denti non c'era piú.

Grazia avrebbe voluto chiedergli una cosa ma non ne aveva il coraggio. Poi gliela chiese.

– Li hai fatti gli esami?

– Sí.

– E com'è andata?

– Ancora niente. Domani. Grazie per avermi coperto, lascia il nastro ché lo sbobino io, da adesso sei ufficialmente in maternità, vattene a casa, ci vediamo tra sei mesi.

Grazia sorrise, ma solo a metà. Sul volto dell'ispettore capo Matera c'era un velo grigio che non le piaceva.

– Quando torno io te ne vai in pensione tu.

Anche Matera sorrise solo a metà. Grazia non se ne accorse, perché aveva lanciato un altro sguardo alla fotografia prima di chiudere il fascicolo dell'assessore.

– Te lo ricordi Parmesani? – disse. – Quello che si è suicidato due anni fa. Con chi li faceva gli affari?

– Prestanome della famiglia Contello. Appalti facili per quelle torri da centro direzionale. E voto di scambio.

– Niente con i Malapoti?

– Che mi ricordi, no.

Grazia si alzò dalla sedia. Matera allungò una mano e indicò la cartellina color panna che si era messa sotto il braccio.

– Sei in maternità, – disse.

– Ci dò un'occhiata e te la riporto fra qualche giorno.

– Adesso sono io che dirigo l'ufficio.

– Sí, ma io resto sempre un tuo superiore. Dài, Mate', giusto per distrarmi, che ci faccio a casa sei mesi?

– Leggiti un giallo.

– Non mi piacciono i gialli.

Grazia gli schioccò un bacio sulla guancia, disse *ci sentiamo domani*, arrivò fino all'ascensore e aspettò un po' prima di ricordarsi che era rotto.

Una donna, un tatuaggio, affari illeciti, due morti piú o meno suicidi. Coincidenze.

Coincidenze?

Stella Stellina, pensò Grazia mentre scendeva le scale.

Stella Stellina.

Quando cammina per la strada gli uomini si girano a guardarla. E mica solo gli uomini, anche le donne, a volte con dispetto e invidia, ma a volte no.

La signora Baldazzi sorride. Amina non se ne accorge, o forse è cosí abituata che non ci fa piú caso, ma lei che le cammina a fianco li vede tutti, quegli sguardi, espliciti o nascosti, che raggiungono sua figlia come frecce. Non le dà fastidio, Amina è bella e in questo non c'è niente di male, anche se non è l'unico motivo per cui la maggior parte della gente la guarda. Nel suo modo di muoversi, di camminare, di parlare, anche soltanto nel suo essere e basta, c'è una sensualità, involontaria, innata, naturale, che conturba chiunque.

Ha preso da suo padre. Piú da suo padre che da lei, per fortuna, perché la signora Baldazzi è slavata e spigolosa, per niente una bella donna, semmai *un tipo*, come si dice delle donne simpatiche, forti, carismatiche, anche, ma bruttine. Omar invece era bello, *bello e impossibile*, gliel'aveva fatta sentire la canzone di Gianna Nannini, *questa è per te*, gli aveva detto la sera che si erano messi insieme. Si sono sposati, hanno avuto Roberto e Amina e poi lui è morto. Quando li vedeva insieme, la gente si chiedeva perché una come lei con uno come lui, di sicuro lei avrà un mucchio di soldi, invece quello ricco era Omar.

Prima.

Mentre si guarda riflessa nella vetrina del negozio di scarpe assieme ad Amina, cosí bella e cosí diversa, tutta suo padre, la signora Baldazzi pensa che è proprio il suo destino, perché quando le vede insieme la gente non crede che siano madre e figlia, semmai una matura signora bolognese con la colf o la badante maghrebina. Roberto invece no, Roberto è come lei, slavato e spigoloso, un tipo.

Approfitta che Amina sia entrata nel negozio a provarsi un paio di stivali per chiamarlo. Sua figlia non vuole che lo faccia, cosí, rapida, tira fuori il cellulare e schiaccia il tasto col suo numero.

C'è la segreteria telefonica.

– Roberto, bambino mio, ti voglio bene, ti voglio bene e mi manchi. Un bacio dalla mamma, – e chiude, asciugandosi le lacrime in fretta, perché se Amina esce e la vede piangere poi si arrabbia.

2. Samantha

You give me just a taste so I want more
now my hands are bleeding and my knees are raw
now yo've got me crawlin', crawlin' on the floor
and I've never met a girl like you before.

[Mi dài solo un assaggio cosí io voglio di piú
ora le mie mani sanguinano e ho le ginocchia sbucciate
mi fai strisciare, strisciare sul pavimento
e io non ho mai incontrato una ragazza come te finora].

EDWYN COLLINS, *A Girl Like You.*

Grazia finí di pulirsi la bocca con un pezzo di carta igienica che gettò nel water, tirando lo sciacquone. Il gorgoglio dell'acqua le fece venire voglia di vomitare ancora ma cercò di non pensarci. Quando cazzo finiscono, pensò invece mentre tornava a gettarsi sul divano del salotto, le gambe allungate sul tavolino e i piedi nudi poco rispettosamente appoggiati sulla cartellina del defunto assessore Parmesani.

Ormai la conosceva a memoria e comunque non le serviva piú. Aveva già trovato quello che cercava. Perché è vero, l'assessore era stato indagato per gli affari con la 'ndrina dei Contello, ma uno, piccolo, lo aveva fatto anche con i Malapoti.

Una sala giochi.

Qualche anno fa i Malapoti avevano cominciato a coprire di slot-machine e videopoker le province di Modena e Bologna. Avevano bisogno di bar e sale giochi per le macchinette e c'era questa grande sala a Morticeto, alle pendici dell'Appennino. Era perfetta, a parte il problema che era troppo vicina a una scuola e non avrebbe potuto tenere videopoker o roba simile. La giunta comunale era tutta di Parmesani – partito, corrente e anche lista – quindi i Malapoti avevano fatto una telefonata all'assessore, che aveva fatto una telefonata al sindaco, che aveva fatto una telefonata ai vigili e cosí la sala giochi *Regina* si era riempita di video con sfilate di re, regine, assi e fanti.

Fine del favore, nessun altro rapporto, diceva l'informativa dei carabinieri.

Grazia rigirò il cellulare tra le dita, pensosa, e stava anche per appoggiarselo alle labbra, ma la nausea era tornata e solo il pensiero la fece deglutire. D'altra parte non aveva intenzione di telefonare, Matera stava aspettando i risultati dei suoi esami, aveva di certo altro per la testa e chiamarlo soltanto per chiedergli di fare un controllo non era il caso.

Ma non voleva neanche starsene lí, stesa a metà sul divano, in bomber e mutandine perché prima una vampata di calore le aveva fatto togliere scarpe, calzoni e maglione, poi un brivido di freddo improvviso le aveva fatto prendere il giubbotto che stava sul bracciolo, la zip chiusa sul collo e le dita dei piedi che cominciavano a ghiacciarsi.

All'improvviso le venne una voglia irresistibile di pizza. Con i capperi e le acciughe. Tanto forte da riempirle la bocca di saliva e annegare per un momento la nausea che aveva in gola.

Guardò l'orologio, erano le dieci di mattina. Simone sarebbe stato fuori fino alle cinque, era il giorno in cui faceva il tempo pieno all'istituto in cui insegnava.

Ce n'era abbastanza per andarsi a prendere una pizza.

A Morticeto.

La sala giochi *Regina* di Morticeto era chiusa. Chiusa da un pezzo, a giudicare dalla polvere incrostata sulle vetrine buie.

Grazia appoggiò la fronte tra le losanghe di metallo ruvido della saracinesca abbassata e si sforzò di guardare dentro, ma non vide quasi niente. Andò a sedersi dall'altra parte della strada, su una panchina, il pacchetto inutile con i tranci di pizza al taglio sulle ginocchia. La voglia di capperi e acciughe le era passata e adesso le tornava la nausea solo a pensarci.

Non sapeva neanche lei perché era andata fino a Morticeto arrampicandosi sulla Porrettana con la sua Cinquecento, era giusto per fare qualcosa, per liberarsi da quel chiodo che aveva piantato nella testa, due suicidi, Stella Stellina. Nessuno stress, nessuna ansia, per carità, non era neppure un caso suo, soltanto curiosità, tanto per mantenersi in allenamento. E niente scale, tutto in macchina e una passeggiata per attraversare la piazza, le faceva anche bene l'aria di montagna.

Si chiuse il bomber fino al mento perché in effetti, pure se quel febbraio era mite come una primavera, l'aria lassú era piú frizzante che a Bologna. Alzò la testa e vide che c'era una donna dietro il vetro di una finestra chiusa, proprio sopra la sala giochi, che la guardava. Grazia abbassò gli occhi sul pacchetto con le pizze, aspettò un momento poi sollevò lo sguardo, di nuovo. La donna era ancora lí, anzi, annuiva, e aprí anche la finestra.

– È qui per Massimo? – chiese, e lo ripeté, perché Grazia aveva corrugato la fronte, interrogativa, *è qui per Massimo?*

– No, oddio, non lo so...

– Sono Regina, sua mamma... con me può parlare.

– Regina come la sala giochi?

– Sí, è di mio marito. Avete trovato Massimo?

Grazia si alzò dalla panchina. Chiese *posso salire un momento?* e non aveva ancora finito di parlare che la donna disse *le dò il tiro* ed era già sparita dalla finestra. Lo scrocco di una serratura scattò cosí violentemente che il portoncino accanto alle vetrine sporche della sala giochi si aprí quasi fino a metà, da solo.

L'appartamento era al primo piano, dopo una rampa di scale stretta e ripida di cui Grazia si accorse quando era ormai in cima. Davanti alla porta, però, non c'era la signora Regina ma un uomo, che la fissava serio, le braccia appoggiate agli stipiti come per sbarrare il passo. La signora Regina era dentro, alle sue spalle, si stringeva addosso una vestaglia, allungando la testa per guardare.

– Che vuoi? Chi sei? – disse l'uomo, la fronte cosí contratta attorno a una ruga seccata che sembrava avesse un taglio in mezzo agli occhi.

– Dài, lasciala stare, – disse la signora Regina, – viene per Massimo, è della polizia.

Grazia socchiuse le labbra, sorpresa. Mise una mano nella tasca del bomber e tirò fuori il tesserino. *Ispettore Negro*, disse, *come ha fatto a*... ma non continuò perché il volto dell'uomo si era sciolto in una espressione ancora piú sorpresa della sua. Si spostò dall'ingresso, in fretta, per farla passare, le indicò un salottino che si apriva su un lato del corridoio, mormorò *portaci un caffè* alla signora e Grazia non fece in tempo a dire *grazie, per me no*, che lui aveva già chiuso la porta.

Il salottino odorava di fumo e sembrava grigio e sgualcito come quell'uomo dalla faccia lunga e stanca, che tirò fuori una sigaretta dal taschino della camicia e se l'accese senza chiedere niente. Grazia avrebbe dovuto dire che era incinta, ma non lo fece, accennò alla porta e chiese *come ha fatto a sapere che sono della polizia?*

– Lo dice sempre a tutti, anche al postino, da quando nostro figlio se n'è andato. Questa volta ci ha preso.

L'uomo guardò il pacchetto delle pizze che Grazia teneva di nuovo sulle ginocchia, l'angolo della carta lucido di unto.

– Ha detto che è un ispettore?

– Negro, Grazia Negro, della mobile di Bologna.

– Ed è qui per Massimo?

C'era la foto di un ragazzo incorniciata sul televisore. Stessa faccia lunga e stanca e, se l'uomo non avesse ammiccato a quella quando aveva nominato il figlio, Grazia avrebbe pensato che fosse lui da giovane.

– Sí... no... cioè, ancora non lo so. Sono qui per la sala giochi. O meglio, per i suoi rapporti con l'assessore Parmesani.

– Mai sentito nominare.

– Va bene, allora con i Malapoti.

– Mai sentiti neppure quelli.

– Teneva delle macchinette per il videopoker nella sala giochi?

L'uomo si strinse nelle spalle, *certo*, disse. – Come tutti. È venuta una ditta, le ha installate, passava a fare la manutenzione e a ritirare gli incassi e quando ho chiuso la sala è tornata a riprendersele.

La signora Regina bussò ed entrò senza aspettare. Aveva un vassoio di peltro che appoggiò sulle ginocchia del marito. Serví Grazia, che rimase con la tazzina in mano, senza bere, *quanto zucchero? Niente, grazie*, attese in piedi accanto alla porta e visto che l'uomo non parlava, e Grazia nemmeno, uscí sospirando *vabbe', poi mi racconti*.

– Perché ha chiuso la sala? – chiese Grazia, e di nuovo l'uomo si strinse nelle spalle.

– Quando Massimo se n'è andato ci siamo sentiti tutti un po'... – Fece girare una mano a mezz'aria, come se indicasse quel salotto spento. – Ha visto mia moglie, no? Va avanti a psicofarmaci e chiede a tutti se hanno visto Massimo, e dopo che sarà uscita anche lei dovrò inventarmi qualche altra balla. Ma credevo che fosse qui per lui, ogni tanto viene qualcuno a cercare le cose che ha rubato per procurarsi la droga. Ecco, se dopo vuole andare in camera sua a vedere, faccia pure.

La tazzina era vuota, segno che Grazia aveva bevuto il caffè senza accorgersene, impegnata a riflettere. Si morse l'interno della guancia, e il sapore amaro e denso che sentí le confermò che sí, lo aveva bevuto. Niente alcol, niente caffè, aveva detto la dottoressa. E niente scale. Cominciava a pensare di aver fatto un viaggio a vuoto. Provò ancora, senza convinzione.

– Non avreste potuto tenere le macchinette mangiasoldi cosí vicino a una scuola. Quanto dista, cento metri?

Questa volta l'uomo non si strinse nelle spalle, ma era come se l'avesse fatto. Spense la sigaretta nel posacenere con un'espressione cosí noncurante che la faccia gli diventò ancora piú lunga.

– Senta, a me è arrivata l'autorizzazione dai vigili col timbro del comune. Tutto legale. Non me ne frega niente di chi erano quelle macchinette e a cosa servivano, gestivo una sala giochi e la gente ci giocava, fine. Tutto legale. Se sono le macchinette che le interessano, vada a chiedere alla ditta, era la Videostar di Castelfranco Emilia, il bigliettino l'ho perso.

Sí, un viaggio a vuoto. Grazia si alzò, cercò ancora una volta di infilare il pacchetto delle pizze nella tasca del bomber, non ci riuscí e lo tenne in mano.

– Posso chiederle un favore? – disse l'uomo. – Potrebbe passare dalla camera di Massimo? Non so piú cosa inventarmi, per mia moglie. L'ultima volta è stato per un furto in un appartamento, le dica che è ancora per quello, la prego. Nient'altro, la prego, solo questo.

Urlò *Regina! L'ispettore se ne va!* e restò a sedere, mentre si accendeva un'altra sigaretta.

Grazia seguí la donna in una camera da adolescente, già universitario a giudicare dai libri sullo scaffale sopra la scrivania. Una cameretta piccola come il salotto e come il resto dell'appartamento, cucina piú bagno piú altra camera da letto, le era sembrato. Fece finta di guardarsi attorno, aprendo qualche cassetto. La signora Regina intanto era rimasta sulla soglia, quasi non osasse entrare, e parlava, senza smettere, sorridente e ansiosa.

L'ha visto, lei? No, certo che no, se no me lo riportavate, vero? Però se lo vede glielo dica, glielo dica che la sua camera è sempre quella, ci sono i suoi libri, se vuole dare l'esame è tutto lí, non ho spostato niente, ho dato solo la polvere.

Poi *quando lo vede gli dica pure che può portare anche la Samantha, gli diamo noi la camera nostra, che è piú grande, io e papà ci sistemiamo qui nella sua, mettiamo un lettino, non c'è problema.*

Poi *glielo dica, glielo dica bene che non sono piú arrabbiata per il tatuaggio.*

Grazia aveva aperto il cassetto della scrivania. Lo richiuse per voltarsi verso la donna.

– Il tatuaggio?

– Sí, qui… – sollevò una gamba e si toccò il dorso di una pantofola, – piccolino. Ce l'aveva anche la Samantha, mi ha detto Massimo che l'avevano fatto insieme, io mi sono arrabbiata perché sa, un tatuaggio non va mica piú via, però adesso…

– Era una stella? Una stellina?

– Sí! Come fa a saperlo? Allora l'ha visto, Massimo!

Grazia fece da parte la signora e uscí dalla stanza. La sentí che la seguiva nervosa mentre rientrava nel salottino. La chiuse fuori dalla porta e andò a prendere la fotografia che stava sopra il televisore. L'uomo era ancora seduto a fumare e non la guardò neppure mentre Grazia sfilava i fermagli e toglieva da sotto il vetro il ritratto del ragazzo con la faccia stanca.

Era un rettangolo plastificato e dietro, incorniciate da una grechina di foglie nere interrotta in alto da una piccola croce, c'erano un nome e due date.

Massimo Fenati
26 ottobre 1991
3 settembre 2010

– Signor Fenati, – chiese Grazia, e lo ripeté ancora, finché l'uomo non alzò la testa. – Come è morto suo figlio?

Massimo Fenati si era ucciso una domenica mattina, sotto Natale, verso mezzogiorno.

Lo avevano visto aspettare al passaggio a livello di via Zanardi, le braccia appoggiate alla transenna come stesse alla finestra, indifferente anche al segnale acustico del semaforo monocolore che gli tintinnava forte proprio sopra la testa.

Era rimasto immobile fino a che era arrivato il regionale Bologna-Ferrara, e allora, curvo sotto la transenna, si era buttato sotto il treno, con uno scatto.

Quando era successo Massimo mancava da casa almeno da quattro mesi, e per questo la signora Regina si era fissata che non fosse morto ma solo scappato da qualche parte, un caso da *Chi l'ha visto?*, e infatti chiamava regolarmente la redazione, come anche la polizia e i carabinieri, perché le ritrovassero il figlio.

Si era ucciso perché era un tossico, e disse proprio cosí il signor Fenati, non un tossicodipendente, *un tossico*, duro e rabbioso come un colpo di tosse. Da quasi un anno. Pure prima, da adolescente, era sempre stato attratto dalle droghe, un cosiddetto soggetto a rischio, insomma, uno che gli piaceva provare, ma ogni tanto, solo ogni tanto, e all'improvviso se lo erano trovato cosí, assente e disperato, arrabbiato, che rubava in casa e fuori, poi era sparito per quattro mesi e alla fine si era buttato sotto il treno.

Grazia guardò oltre la porta aperta del salottino la sagoma della signora Regina, che era rimasta in piedi e sicuramente sentiva tutto, forse senza ascoltare niente.

– E questa Samantha? – chiese.

– La sua ragazza. Una tossichina anche lei.

– Dov'è adesso?

– Non lo so.

– Come fa di cognome?

– Non lo so.

– L'ha mai vista?

– No. Ne parlava sempre lui. Era cotto perso e per un po' abbiamo pensato che magari poteva servire a tirarlo fuori. A un certo punto aveva anche cominciato a parlare di comunità, di andarci insieme, poi niente, è sparito e poi è morto.

Grazia riprese a mordersi l'interno della guancia. Le era venuta un'idea, ma vista la situazione non era cosí probabile che funzionasse. Tanto valeva provare lo stesso.

– Posso tornare in camera di Massimo? – chiese, e dalla velocità con cui la signora Regina entrò nel salotto, soprattutto dalla sua espressione felice, Grazia capí che sí, aveva sentito tutto, e sí, aveva ascoltato solo quello che voleva lei.

Non si era distrutto nell'impatto col treno, non se l'era venduto per procurarsi una dose e funzionava ancora, cosí adesso il cellulare di Massimo era in cucina tra il microonde e il pacchetto delle pizze al taglio di cui ora non aveva piú voglia, abbandonate fredde nella loro carta unta. Era attaccato a un caricabatterie che Grazia si era fermata a comprare nel *Mediaworld* vicino a casa. Certo, avrebbe potuto farsi dare il numero dalla signora Regina e richiedere i tabulati, ma ci sarebbe voluto un po' piú di tempo, senza contare che non avrebbe comunque potuto farlo visto che era fuori servizio per maternità.

Seduta sul tavolo, le gambe che penzolavano sotto come quando era bambina, Grazia sgranocchiava a secco i Frosties della colazione di Simone fissando il fulmine stilizzato che lampeggiava sul display del cellulare di Massimo. Aveva provato già due volte ad accenderlo ma non era ancora abbastanza carico. Nel frattempo si era divorata anche l'interno della guancia, che ora sapeva vagamente di sangue e glassa al cacao.

Tre suicidi.

Massimo Fenati, l'assessore Parmesani, Franchino Malapoti. Il primo quasi due anni fa, l'ultimo la settimana scorsa.

Due collegamenti, uno piú remoto e l'altro piú diretto.

Quello remoto: la sala giochi *Regina*, gestita dal signor Fenati, usata dai Malapoti e favorita da Parmesani. Molto remoto, visto che la sala giochi aveva cessato l'attività da un pezzo.

Il collegamento piú diretto: Stella Stellina e Samantha. La stessa persona, a meno che non ci fosse in giro un gruppo di ragazze tutte con una stellina tatuata sul dorso di un piede.

Le sembrò che il fulmine sul display avesse smesso di lampeggiare. Saltò giú dal tavolo, atterrò brusca sulla suola degli anfibi e in quel momento una fitta leggera le attraversò la pancia. Si portò la mano sotto la maglietta, a scaldare la pelle dove le sembrava che il ricordo di quel colpo veloce risuonasse ancora. Possibile, si chiese, ma lo sapeva che era troppo presto, Simone si era iscritto a tutti i forum sulla gravidanza, e bisognava aspettare almeno il quarto o quinto mese per sentirli scalciare. Per un attimo, allora, pensò che potesse essere qualcos'altro, qualunque cosa, ed ebbe paura, paura davvero, ma non successe niente, tutto a posto, tutto come prima, e la paura le passò.

Il fulmine sul display aveva davvero smesso di lampeggiare. La carica era ancora quasi al minimo ma ce n'era abbastanza per aprire il menu e vedere le ultime chiamate in memoria, che risalivano a tre anni prima. I numeri non erano molti, sempre gli stessi, *Pelo*, *Nirvana* e *Il pakistano*, spesso, qualche volta *Mamma*, ma soprattutto lei: *Samantha*.

L'ultima volta proprio il giorno in cui Massimo si era buttato sotto il treno, proprio dieci minuti prima.

Grazia sentí un'altra contrazione, dentro, ma in quel caso non si preoccupò perché sapeva benissimo di cosa si trattava. Era eccitazione, l'eccitazione della caccia, che le faceva scordare tutto, sempre.

Anche questa volta.

Era cosí presa che non si accorse di Simone finché non se lo trovò accanto, *oddio, Simo', m'hai fatto paura*.

Lo baciò e sentí le mani di lui che si chiudevano a coppa sul suo seno, in un gesto che non gli era familiare, e infatti piú che eccitata era sorpresa.

– Madonna, Grazia, hai messo su due tette che sembrano di marmo.

Era vero, ed erano anche piú sensibili, tanto che Grazia si tirò indietro con uno scatto impercettibile, che corresse subito perché non voleva che Simone pensasse a un rifiuto, non a quel punto della loro relazione e proprio in quel momento, perché lei, invece, con quel tocco improvviso, eccitata lo era davvero, e anche questa non era piú una cosa cosí familiare. Alzò le mani per schiacciarsi quelle di Simone sul seno ma lui si era già girato, aveva allungato un braccio e seguendo il fremito delle narici stava tastando il pacchetto con le pizze accanto al microonde. Grazia restò con le braccia a mezz'aria, contenta, per una volta, che Simone non potesse vedere il suo imbarazzo.

– Mi era venuta una voglia pazzesca di pizza, ma poi mi è passata.

– Ti dispiace se le mangio io?

– Fai, fai.

Rapido e sicuro, Simone infilò il pacchetto nel forno e spinse il pulsante dell'accensione.

– Com'è che non va?

– Scusa. Ho messo il cellulare in carica.

Grazia staccò tutto e intanto Simone aveva cominciato a raccontarle di una cosa successa all'istituto, lei avrebbe voluto soltanto correre di là col cellulare di Massimo e per un po' fece finta di ascoltarlo resistendo alla tentazione di premere il pulsante del menu e arrivare alla rubrica, perché lui lo avrebbe sentito, ma Simone disse lo stesso *scusa, mi ascolti o no?* e allora Grazia disse *devo andare in bagno* e corse via, anche perché davvero l'odore oleoso delle pizze le stava facendo venire voglia di vomitare.

In bagno, seduta sul water: menu, rubrica, Samantha.

Eccolo, il numero. Non lo aveva visualizzato direttamente dalle chiamate perché non voleva correre il rischio che gliene partisse una dal cellulare di una persona morta tre anni prima.

Poteva dirle un sacco di cose quel 335. Non subito, prima avrebbe dovuto riscuotere un paio di favori e magari, viste le attuali circostanze, mettere in mezzo anche Matera, e farlo dalla mobile, il giorno dopo, ma di sicuro le avrebbe dato un nome e un indirizzo.

Una cosa, però, la poteva fare subito.

Grazia prese il suo, di cellulare, attivò la funzione per nascondere il numero, aprí l'applicazione che registrava le telefonate e già che c'era si tirò giú i jeans e le mutandine. Aspettò di avere finito e compose il numero di Samantha, trattenendo il fiato.

Poteva non esistere piú, poteva essere stato disattivato, poteva non prendere o Samantha poteva non rispondere a un utente anonimo, invece dopo tre squilli una voce femminile che a Grazia sembrò molto giovane disse *pronto?*

Grazia esitò, ma lo stava facendo apposta.

Francesca?

No, sono Amina. Chi parla?

Cercavo Francesca Ferri, ho sbagliato numero?

Sí, credo proprio di sí.

Oddio, mi dispiace…
Non c'è problema.
Fine.

Grazia tirò l'acqua e tornò in cucina, dove Simone stava finendo la pizza. Le chiese com'era andata la sua giornata e lei avrebbe voluto dirgli che aveva guardato molta tivú, invece mormorò di nuovo *scusa, vado in bagno* e scappò ancora.

Aprí la finestra, la testa fuori per essere sicura che Simone non la sentisse, e chiamò Matera.

Ohè, disturbo? Sicuro? Volevo sapere come stai, ed era vero, voleva saperlo, *oh mi raccomando, non voglio rompere ma quando hai i risultati me lo dici, eh?* e infatti, però *senti, già che ci sono, cosí, se domani passo, mi servirebbe un favore dall'amico nostro dei telefoni, però se intanto anticipi tu che facciamo prima*, sperando che davvero sembrasse soltanto una coincidenza di interessi.

Non lo sembrava per niente. Ma Matera era troppo stanco e anche abbastanza avvilito dai suoi esami per farglielo notare. E poi lo sapeva che non si trattava di superficialità, lo sapeva che Grazia era troppo affezionata a lui per cominciare a pensar male, che avrebbe continuato a considerarlo come uno che fuma un po' troppo finché non le avesse mostrato le metastasi ai polmoni, ed era una cosa che a lui faceva piacere. Cosí non le ricordò neppure che era in maternità, annotò il numero e le disse anche di non venirci alla mobile, sarebbe passato lui a trovarla.

Quando Grazia tornò in cucina ormai Simone aveva finito di mangiare, cosí lo prese, lo portò in salotto, sul divano, e lasciò che le toccasse la pancia, anche se non poteva sentire ancora niente. Non appena lui le sfiorò con la punta delle dita la curva inferiore del seno, Grazia scattò di nuovo, verso l'alto, ma questa volta fu rapida a fermargli le mani e a schiacciarsele sulle tette.

Magari era solo una reazione biologica, o il gusto della caccia che iniziava, un espediente per non dover fingere di ascoltarlo, o davvero era passato troppo tempo dall'ultima volta, Grazia non se lo chiese neanche, e quando Simone iniziò *ma sei sicura che* gli mise una mano sulla bocca e quando lui insisté *davvero, Grazia, siamo sicuri* lei lo spinse giú, sul divano e *tranquillo* disse, *sto sopra io.*

Non fu un granché. Avevano ritmi diversi, Simone lento e delicato, impacciato come un adolescente timido, lei prima furiosa poi distratta da un crampo che l'aveva spaventata. Erano arrivati in fondo in qualche modo, abbracciati stretti fra lo schienale e il bordo del divano, ed era stato proprio quello che li aveva soddisfatti di piú, ritrovarsi rannicchiati insieme come un tempo. Grazia si era sentita bene e da come Simone le respirava fra le braccia era sicura che fosse cosí anche per lui.

L'ultima volta che l'avevano fatto, quasi due anni prima, Simone le aveva sussurrato *non dire piú che facciamo l'amore, cos'è non lo so, Grazia, ma non è piú amore*. Ecco, adesso avrebbero potuto dire che ancora non lo sapevano cosa avevano fatto, ma probabilmente era di nuovo amore.

Pensò questo prima di addormentarsi.

Poi scivolò nel sonno e quella parte di lei che non dormiva mai restò sveglia, a pensare in silenzio Stella Stellina, Samantha, Amina.

«Ciao, non posso rispondere in questo momento, lasciate un messaggio o richiamate piú tardi, grazie».

– Solo per darti la buonanotte. Ti voglio bene, Roberto, bambino mio. Un bacio dalla mamma.

3. Amina

Yes you've come along and
I've never met a girl like you before.

[Sí, sei arrivata tu e
io non ho mai incontrato una ragazza come te finora].

EDWYN COLLINS, *A Girl Like You.*

Si guardano senza parlare perché non ce n'è bisogno, e anche gli sguardi sono diventati veloci come occhiate. A dire la verità alla signora Baldazzi qualche parola piacerebbe, vorrebbe dirglielo con la voce, *mettiti le ciabatte ché prendi freddo*, ma Amina le risponderebbe comunque con un'alzata di spalle, muta, per cui tanto vale.

È una col risveglio lento, Amina, mutandine e stessa maglietta in cui ha dormito, scalza in tutte le stagioni, i gomiti sul tavolo e le dita piantate nei capelli arruffati. È iniziato cosí, *buongiorno*, poi *'giorno* e poi piú niente, un silenzio assonnato e morbido che si è esteso al resto della giornata, rotto soltanto quando ce n'è davvero bisogno.

Anche adesso Amina ignora le pantofole che la madre le ha spinto sotto il tavolo, si sfrega con un alluce il dorso del piede con il tatuaggio della stellina e tiene gli occhi chiusi finché non sente sotto il naso l'odore del caffè che lei le ha preparato.

Soltanto dopo può dire di essere sveglia, e infatti salta giú dalla sedia e corre alla porta e questa volta lei glielo dice, *Amina, mica cosí*, ma la ragazza è già fuori, in punta di piedi sul cemento ruvido e freddo del vialetto, solo un passo per raggiungere la cassetta delle lettere accanto all'ingresso.

Rientra con un fascio di buste in mano, sorride all'occhiata della madre che significa *se ti vedeva qualcuno*, torna a sedersi davanti al secondo caffè e questa volta le infila, le pantofole, cercandole con le dita dei piedi intirizziti.

Due sono pubblicità – corsi di fitness e un mobilificio –, una contiene il volantino di un partito – uno qualunque – e un'altra viene dalla Ausl, Ospedale Maggiore di Bologna: ha il suo nome nella finestrella, «Faduk Amina». La spinge verso la madre sul tavolo e lo sguardo che si scambiano è uno di quelli che non ha bisogno di parole.

Però c'è un'altra busta, che le fa corrugare la fronte. Una busta bianca con tre ondine rosse dentro un ovale blu.

Rapida Amina la nasconde sotto il bordo del tavolo, gratta l'aletta con l'unghia, ci mette il dito e la apre, l'indice come un tagliacarte.

Sua madre sta guardando i fogli dell'ospedale e non si accorge di nulla.

Di norma sarebbe stata Grazia a svegliarsi per prima, e anche molto presto se avesse avuto un'indagine in corso. Sarebbe già stata in ufficio dalle sette del mattino, magari dopo essersi appena lavata la faccia e con un caffè preso al bar sotto la questura. Ma comunque in ufficio non ci poteva andare, e in ogni caso quella mattina si sentiva cosí fiacca che restò a rigirarsi nel letto, rannicchiata come una gatta, persa in un dormiveglia struggente come pasta frolla. Finché era ancora calda del suo corpo scivolò anche dalla parte di lui, come una volta.

Le aveva detto *dopo chiamo la dottoressa, o se vuoi la chiami tu, ma mi sa che questa cosa di fare l'amore non è una buona idea, ti ricordi cos'ha detto, no, tipo le scale e tutto il resto.*

Le aveva detto *oh, guarda che non è che... mi è piaciuto moltissimo, anzi, di piú, non sai quanto mi renda felice questa sensazione che ho che ci siamo ritrovati, lo sai come sono fatto, Grazia, io non sono uno che esterna molto, però.*

Le aveva detto *è che con te ho sempre paura, perché succede sempre che ti fai prendere dal tuo lavoro, anche se ho sempre pensato che non fosse solo quello, che sia perché ti manca qualcosa che magari io, ma non importa, ma non importa, alla fine quello che fai passa in primo piano e il resto, io, noi, passa dietro e poi si perde, e questa volta, Grazia...*

– Questa volta no, – aveva detto lei, o magari lo aveva soltanto sognato, anche se forse lo aveva detto davvero, perché Simone aveva smesso di parlare e le aveva dato un bacio sull'angolo della bocca, quel poco che spuntava tra le pieghe del cuscino.

Si era alzata che erano quasi le dieci e per un po' era rimasta davanti al frigorifero aperto, a passare in rassegna gli scompartimenti senza aver voglia di tirare fuori niente, e lo stesso aveva fatto con il pensile in cui stavano i biscotti, i cereali e le fette biscottate di Simone. Alla fine si era accoccolata sul divano con un cucchiaino e un vasetto di marmellata alle albicocche.

Sarà perché Simone l'aveva nominata, ma nel suo dormiveglia appiccicoso aveva sognato una scala. Una rampa ripida e stretta, con i gradini di graniglia bianca e nera cosí lucidi e consumati che sembravano irregolari. Saliva fra due muri di intonaco vecchio, senza corrimano, piegava dietro l'angolo di un pianerottolo e proseguiva oltre la vista, forse all'infinito. Soltanto guardarla le aveva provocato nella pancia una contrazione che le aveva fatto male, o almeno cosí si era immaginata. Da quel momento il dormiveglia era diventato insopportabile, e allora si era alzata.

Chissà se Matera, pensò raschiando il fondo del vasetto con la punta del cucchiaio. Anche lui era uno che ci andava presto, in ufficio, a quell'ora un po' di telefonate le aveva sicuramente fatte, magari aveva avuto anche delle risposte, aveva detto che passava lui, va bene, però se ci andava lei.

Leccò la marmellata dal cucchiaino. Un gorgoglio le attraversò la pancia ma era soltanto fame. Se fosse uscita ci sarebbero stati i cornetti del bar, se no i biscotti del pensile o un'altra marmellata dal frigo. Non aveva la forza di decidere e cosí, nel dubbio, andò in bagno a vomitare.

Quella mattina Matera ci era andato presto, in ufficio, anche perché la notte non aveva dormito. Qualche telefonata l'aveva fatta ancora la sera prima e adesso aveva già parecchi elementi, che aveva ordinato su un foglio di carta intestata, scrupolosamente, perché per forza di abitudine pure un appunto, pure la lista della spesa, pure una poesia – se mai l'avesse scritta – sarebbero sembrati una relazione di servizio.

Aveva dovuto chiedere una serie di favori, favori grossi, perché senza un'inchiesta in corso e soprattutto una delega del magistrato era tutto addirittura illegale, ma un po' era riuscito a nascondere le sue richieste dentro un'altra indagine e chi l'aveva capito era stato al gioco.

Il 335 trovato nella rubrica del cellulare di Massimo sotto il nome di Samantha e che Grazia aveva chiamato la sera prima era intestato a Baldazzi Maria, nata a Crevalcore (BO) il 15.09.1956, residente a Morticeto (BO) in via Garibaldi numero 21.

Piccolo controllo anagrafico: la signora Baldazzi risultava sposata a Faduk Omar, nato al Cairo (Egitto) il 26.11.1950, col quale aveva avuto due figli, Roberto e Amina, nati rispettivamente nel 1991 e nel 1992.

Deduzione: il 335 che aveva chiamato Grazia e al quale aveva risposto una ragazza che aveva detto di chiamarsi Amina doveva essere in uso alla figlia della signora Baldazzi, che non avrebbe potuto intestarselo in quanto minorenne al momento della stipula del contratto.

Importante: nel traffico telefonico del 335 di Amina si rintracciano chiamate e messaggi sia in entrata che in uscita con utenze intestate all'assessore Parmesani e al Malapoti Franco, oltre che col cellulare del Fenati Massimo in possesso di Grazia.

Importante: chiamate e messaggi di ogni singola utenza sono concentrati in periodi precisi la cui fine coincide sempre con la morte per suicidio dei personaggi in oggetto: Fenati Massimo (ottobre 2009-settembre 2010); Parmesani Alberto (giugno-agosto 2011); Malapoti Franco (agosto 2011-febbraio 2012).

Attenzione: da un ulteriore controllo emerge la presenza di un altro numero i cui contatti sono concentrati in un periodo preciso (settembre 2010-giugno 2011). Tale utenza risulta intestata a Tamaroli Cristiano, sindaco di Morticeto, sucidatosi nel giugno del 2011 e che quindi può essere inserito in sequenza tra il Fenati e il Parmesani.

Si segnala inoltre un altro numero comparso all'improvviso nel traffico suddetto e ancora attivo, intestato a Fitteri Domenico, nato il 13.03.1989 e residente a Roma.

La signora Baldazzi non sa niente di medicina, e anche se nelle parentesi accanto ai risultati ci sono i valori di riferimento, non è facile indovinare quelli giusti. Però c'è quella parola, «positivo», che si fa capire subito, e accoppiata a quell'altra, «Hiv», fa il suo effetto sulla carta intestata dell'Ospedale Maggiore di Bologna, day-hospital Malattie infettive, palazzina A.

È quello che vogliono, lei e Amina, l'hanno cercato e provocato quel risultato, e anche se Amina è rimasta indifferente come sempre, a lei fa comunque un certo effetto. Figurarsi come lo farà sul giovane Fitteri, prossimo olimpionico di atletica, salutista estremo e cosí ossessionato dalle malattie che gli amici lo chiamano Michael Jackson.

Quando Amina lo incontrerà a Roma, al solito posto, di nascosto perché Dedo Fitteri ha già un'altra fidanzata bella, atletica e salutista come lui ma che non è Amina, quando gli metterà davanti i fogli che l'ospedale le ha spedito, batterà la punta del dito su quelle due parole, «Hiv» e «positivo», e gli dirà *ho l'Aids*, che non è esatto ma non importa, Michael Jackson ripenserà a tutte quelle volte che Amina lo ha convinto a farlo senza preservativo e si sentirà perduto.

Come gli altri.

Perché tutti hanno un punto debole, una mancanza, una dipendenza, qualcosa che quando va fuori controllo diventa un'ossessione che ti risucchia l'anima e la vita e quando esplode diventa cosí insopportabile e fa cosí male che sembra meglio morire, morire subito.

Le inquietudini dell'adolescenza per Massimo, la solitudine per Franchino, il sesso per l'assessore e il sindaco, adesso la salute per Dedo, non era stato difficile trovarli, quei punti deboli, la signora Baldazzi era diventata bravissima, meglio di una psicologa. Allora arrivava Amina, che era la chiave per accenderli e mandarli fuori giri, fino a farli esplodere.

Con l'assessore era bastata una fotografia; con il sindaco, terrorizzato dalla minaccia che gli autoscatti con Amina finissero sulla pagina facebook della figlia – che con Amina ci andava a scuola – anche meno. Con Franchino era bastato sparire all'improvviso, e lo stesso con Massimo, che proprio con lei era andato sempre piú a fondo nella droga e proprio per lei si era convinto a uscirne, loro due insieme, finché non si era trovato solo, disperato e inutile.

Perché alla fine era questo che faceva Amina, e non soltanto grazie alla sua innata e naturale sensualità: entrava, invadeva, pervadeva, *avvelenava* e poi spariva, lasciando un vuoto insopportabile che unito a tutto il resto, e in soggetti che a questo lei aveva preparato, non poteva che portare alla morte.

Era un'arma, Amina. Un'arma mortale.

Adesso ancora di piú.

La signora Baldazzi alza gli occhi dalle analisi dell'ospedale e vorrebbe scambiare uno sguardo con la figlia che significa soltanto *brava*, ma questa volta Amina parla.

Ha in mano una fattura della Tim.

Dice *credevo che l'avessi disdetto.*

Dice *me l'avevi promesso, mamma.*

Dice *mi avevi promesso che lo cancellavi, il numero di Roberto.*

– Matera? Scusami, non ti voglio disturbare, volevo solo...

– Tranquilla, stavo per chiamarti io.

– Mate', stai bene? Hai una voce...

– No, non sto bene. Ho detto che passavo io a portarti un po' di cose ma non ce la faccio, devo andare a casa.

– Lascia stare, non importa... ma come stai?

– Sto cosí, quando ci vediamo te ne parlo. Senti, ti ho lasciato tutto qui in ufficio, nel primo cassetto della mia scrivania. Non te lo posso far mandare, finiamo dentro tutti e due, lo vieni a prendere tu.

– Tranquillo, tranquillo, vai a casa e riposati.

Pausa. Il respiro di Matera sembrava quello di una moka quando sta uscendo il caffè. Avrebbe potuto salutare e mettere giú, ma sapeva che Grazia avrebbe detto qualcos'altro e lui voleva che lo facesse. Per come si sentiva in quel momento quella poteva essere la sua ultima indagine con lei. La sua ultima comunque.

– Senti, Mate'... ma hai trovato qualcosa?

Se ci fosse stato Simone, ad ascoltare, avrebbe detto che Matera sorrideva, lo percepiva dalla tensione delle labbra.

– Eh, sí, bambina, credo di sí. Ho fatto un bel lavoro. A me fa venire piú domande che risposte ma sono sicuro che tu ce le trovi le cose giuste da mettere in fila.

– C'è un nome e un indirizzo?

– Di piú, bimba, molto di piú. Vedrai.

Era da un pezzo che non la chiamava piú cosí, *bimba, bambina*. Lo aveva fatto poche volte, agli inizi, poi cameratismo e anche soggezione, dopo tutto quello che Grazia aveva realizzato, glielo avevano fatto dimenticare. Grazia non se ne accorse. Pensava: di piú, molto di piú.

– Grazie, Mate', – disse, – sei un grande, – e lui mise giú, in fretta, perché lei non lo sentisse tossire.

Amina dice *me l'avevi promesso*.

Forse se Omar non si fosse giocato a carte tutto quello che aveva Roberto non avrebbe reagito in quel modo.

La signora Baldazzi aveva impiegato quindici anni di matrimonio a scoprire che suo marito aveva una doppia vita.

In quella che lei conosceva era un bellissimo, elegante e affascinante imprenditore egiziano, molto affettuoso con lei e con i figli, soprattutto con Roberto.

Nell'altra, la vita nascosta, era un giocatore patologico famoso in tutte le bische della Romagna, dove si era mangiato soldi, impresa, casa e risparmi. Poco per volta, perché era uno che vinceva spesso, Omar Faduk, ma alla fine perdeva sempre.

Quando aveva scoperto tutto, con i conti in rosso e un messo del tribunale venuto a pignorare i mobili della villa, la signora Baldazzi l'aveva cacciato di casa. Forse qualche anno prima non l'avrebbe fatto, avrebbe lottato insieme al suo uomo cosí bello e impossibile, ma in quel momento no, non ce l'aveva fatta, aveva ceduto a una rabbia dura e spigolosa come era lei e l'aveva mandato via. Omar era tornato in Egitto e lí era morto di qualcosa che non aveva importanza.

Amina dice *me l'avevi promesso, mamma*.

C'è un cellulare che vibra, nella sua borsa, ma la signora Baldazzi non risponde. Lo sta chiamando Amina, che tiene il proprio nella mano alzata per farglielo vedere. È sempre riuscita a intercettare le fatture della Tim prima della figlia, ma quella volta no, Amina aveva troppa fretta di vedere se c'erano le sue analisi e cosí lo aveva scoperto.

Il cellulare di Roberto.

Roberto.

Era cominciato tutto una mattina di febbraio. La signora lo sapeva perché il figlio teneva un diario e lei lo aveva letto. A scuola c'era un'interrogazione di Latino, il secchione che doveva andarci era ammalato e cosí quelli come Roberto che non avevano studiato avevano fatto forca e si erano rintanati nella sala giochi *Regina*, come facevano ogni tanto prima di rientrare a scuola con una giustificazione falsa. O il bar di Renato o la sala giochi che stava proprio sulla strada della scuola, quella mattina era la sala giochi.

Novità, c'erano queste macchinette, i videopoker. Roberto di solito giocava agli sparatutto, ma i suoi amici avevano voluto provare. Gli era rimasto solo un euro, cosí aveva provato anche lui e – culo – aveva subito vinto.

Da quel momento aveva sempre perso. Prima qualche euro quando si fermava a giocare dopo la scuola, mentre tornava a casa, poi anche all'andata, la mattina presto, e sua madre diceva ad Amina *guarda che bravo Roberto che salta giú dal letto subito, mica come te che fai sempre tardi*.

Ci tornava il pomeriggio e anche la sera, invece di uscire con gli amici, seduto sullo sgabello a inserire monetine e premere il pulsante lasciandosi scorrere davanti agli occhi le carte luminose, che non erano mai quelle giuste.

In tre mesi si era giocato la paghetta, la PlayStation, l'orologio della comunione e il motorino – aveva detto che glielo avevano rubato –, e anche tutto il bancomat di sua madre, a cui aveva spiato il Pin.

A fregarlo era stato il motorino. Perché aveva dovuto fare la denuncia, naturalmente, e i carabinieri lo avevano trovato, ma il ragazzo che ce l'aveva giurava di averlo comprato per trecentocinquanta euro e proprio da Roberto, cosí il maresciallo aveva chiamato la signora Baldazzi che aveva capito all'istante.

Era successo di pomeriggio. Roberto aveva avuto l'orario lungo a scuola, e quando era tornato Amina gli aveva detto che la mamma era in caserma. Aveva capito tutto anche lui, si era chiuso in camera con lo stereo a palla e si era impiccato al gancio del lampadario.

Aveva diciassette anni.

Il cellulare vibra nella borsa poi smette. È partita la segreteria con la sua voce *ciao, non posso rispondere in questo momento, lasciate un messaggio o richiamate piú tardi*, ma la signora Baldazzi non può dirgli che gli vuole bene, che le manca tanto e anche che le dispiace, perché qualche volta pensa che se non avesse cacciato via Omar di casa forse Roberto avrebbe reagito in un altro modo, ma questo non l'ha mai detto a nessuno, è un pensiero che tiene per sé. Fa troppo male.

Vorrebbe rispondere alla voce di Roberto ma non può, Amina ha preso quel taglio degli occhi cosí magico da suo padre, ma la durezza dello sguardo l'ha ereditata da lei, come il carattere. Quando ha trovato suo fratello appeso in camera a penzolare sopra la pozza di urina sul tappeto ha urlato ma non ha pianto e non lo ha fatto neanche dopo.

Poi, in cucina, una davanti all'altra ai lati del tavolo, la signora Baldazzi ha detto *dobbiamo fargliela pagare* e lei aveva annuito. Era successo dopo che erano state in questura per l'ultima volta e avevano incrociato i gestori della sala giochi nel corridoio e la signora Regina l'aveva guardata e aveva detto *è tutto legale*.

Fargliela pagare, a tutti, dai gestori della sala, al sindaco che l'aveva autorizzata, all'assessore che l'aveva favorita, ai Malapoti che gestivano la macchinette e poi all'onorevole Fitteri, lobbista del gioco d'azzardo, e avanti ancora, colpendo i loro figli – figli come Roberto – quando era possibile, o direttamente loro come con il sindaco e l'assessore, che di figli non ne avevano.

Amina dice *dammi il codice fiscale, ci penso io a disdirlo*, poi prende le sue analisi e va di sopra a vestirsi, perché è ora di uscire se non vuole perdere il treno per Roma.

La signora Baldazzi mormora *ti voglio bene, bambino mio*, da sola, chiude gli occhi e affonda il viso nelle mani aperte.

C'era una chiamata di Simone a cui Grazia non aveva risposto perché era in autobus e non voleva che sentisse che era uscita cosí. L'auto non era partita perché quella notte febbraio aveva deciso di ricordare a Bologna che l'inverno non era finito.

Non era ancora abbastanza incinta da farsi lasciare un posto a sedere e quindi, abbracciata al palo della macchina obliteratrice, con nelle ossa il freddo di quei pochi passi fino alla fermata, pensava: di piú, molto di piú. E si chiedeva cosa ci fosse negli appunti che Matera le aveva messo nel cassetto.

Stella Stellina, pensava anche, Samantha, Amina.

Però quando arrivò alla fermata di piazza Roosevelt esitò davanti ai due gradini che la portavano fuori dall'autobus. Aveva sentito un'altra fitta appena li aveva saliti, qualche minuto prima, una fitta fredda come quel ghiaccio nelle ossa.

Aveva fretta di andare in ufficio, non vedeva l'ora di aprire il cassetto di Matera, ma la nausea la fece deviare verso il bar di fianco al portone della mobile. Voleva un bicchier d'acqua, poi però non lo bevve. Andò alla toilette, restò a guardare la tazza del gabinetto in attesa di un conato ma non successe niente. Si mise una mano dentro i jeans, spingendo giú il polso per toccarsi con la punta delle dita nelle mutandine perché aveva sentito qualcosa di umido tra le gambe. Era solo una sensazione, non c'era niente, ma ebbe paura.

Un messaggio di Simone *tutto bene?*

Svelta, con una mano sola *sí*. E poi *tranquillo*.

Due gradini per uscire dal bar, altri due per entrare alla mobile e di nuovo quella fastidiosa sensazione umida tra le gambe.

Paura.

Per non pensarci si concentrò sugli appunti di Matera, *di piú, molto di piú*, un nome e un indirizzo, tanti pezzi del mosaico da mettere a posto, *Stella Stellina*, salutò il piantone nel gabbiotto all'entrata e la vide.

Ripida e stretta. Gradini di graniglia bianca e nera. Senza corrimano. Su, oltre la vista, forse all'infinito.

Era la scala vecchia che portava ai piani superiori, prima che ristrutturassero la palazzina della squadra mobile. Adesso non c'era piú, ora c'era uno scalone largo con lunghi gradoni bianchi, ma per un momento Grazia vide quella vecchia.

L'aveva sognata quella mattina.

Lanciò un'occhiata all'ascensore, che era ancora rotto, appoggiò le dita sul corrimano nuovo e mise un piede sul primo gradino.

Fanculo, pensò.

Fece un altro passo e si fermò.

Fanculo, pensò ancora, o forse lo aveva detto davvero, perché il piantone la stava guardando.

Lassú, alla fine della scala, c'era l'ufficio di Matera, con la scrivania e il rapporto nel cassetto.

La sua indagine. La sua caccia.

Due rampe di scale. Quindici piú quindici gradini, trenta.

Fanculo, disse Grazia.

Questa volta no.

Si girò e si sedette sul gradino, piano. Fece un cenno al piantone e gli chiese se c'era qualcuno che poteva accompagnarla a casa, per favore, perché non si sentiva bene.

Questa volta no, pensò ancora, forte, poi chiuse gli occhi e come la signora Baldazzi appoggiò il volto sulle mani aperte.

Questa volta no.

Indice

Questo libro è stampato su carta contenente fibre certificate FSC®
e con fibre provenienti da altre fonti controllate.

FSC
www.fsc.org
MISTO
Carta da fonti gestite
in maniera responsabile
FSC® C115118

Stampato per conto della Casa editrice Einaudi
presso ELCOGRAF S.p.A. - Stabilimento di Cles (Tn)
nel mese di marzo 2014

C.L. 21951

Edizione							Anno			
1	2	3	4	5	6	7	2014	2015	2016	2017